三国

SANGUO
CAOMANGJUAN

3

草莽卷

〔日〕吉川英治 著

张永 译

人民东方出版传媒
東方出版社

目　录

第1章

巫女

杨奉叛变李傕失势

一

“什么，无条件和解？一派胡言！”郭汜听也不听。

非但如此，他还下令将随同杨彪来的大臣以及下人等六十余人一起绑了。

“不得无理！前来议和的朝臣，为何要抓起来？”杨彪惊慌问道。

“闭嘴！李司马不是连天子都挟持了吗？正因为如此，他才有恃无恐，我也要拿群臣作为人质。”桀骜的郭汜大放厥词。

“这成何体统！二位将军乃国之二柱，如今却一方挟天子，一方狂言要挟群臣。可叹啊，世间何至凄惨如此！”

“混帐，还敢胡言乱语！”郭汜拔剑，险些斩了杨彪。就在这千钧一发之际，中郎将杨密慌忙托住了郭汜的手。在杨密的劝谏下，郭汜才收剑，但并没有给群臣松绑，只把杨彪和朱儁二人赶出阵外，放了出去。

朱儁年事已高，这次出使，又受到了沉重的精神打击。“啊……啊……”他几次仰望苍穹，腿脚无力地走着，忽然回头看杨彪，叹道：“你我二人，乃社稷之臣，却无力辅佐君王，也无力救世，还能有何作为？”与杨彪抱头痛哭起来。朱儁悲痛不已，甚至一时昏厥，倒于路旁。

老人回家后不久，便吐血而亡。杨彪得知后飞奔前去探望，朱儁老人的额头已碎烂不堪。他是以头撞柱，愤懑而死的。

何止朱儁，眺望这乱世，愤然欲死的人，大概很多吧。

之后五十余日，李郭两军不分早晚，日日出兵巷战。

打仗如干营生，打仗如过日子，打仗如找乐子，他们打得没意思，无大义，无眼泪。

双方死尸暴于街头，看河沟，河沟腐臭，入树荫，树荫腐臭——而腐臭之地，有野花寂寞开放，牛虻嗡嗡，马蝇乱飞。

马蝇的世界，他们的世界，没什么两样——倒不如说马蝇的世界，尚有绿荫凉风，豆花绽放。

“不如一死。但不能死。朕为何要生为天子啊?!”皇帝日夜以泪洗面，意气消沉。

“陛下!”侍中郎杨琦在皇帝耳边低语，“李傕有位谋臣，名贾诩。微臣偷偷观察此人，似乎对陛下尚有忠心，是位明君臣之道的士子。陛下不妨秘密召见他一次。”

有一次，贾诩有事，来到献帝幽室。献帝屏退左右，突然在贾诩面前拜了又拜，说道:“汝当怜朕，取义于汉朝之乱。”

贾诩大惊，跪拜于地，顿首答道:“现在的无情无义，并非微臣本心。还请陛下静候时机。”

不巧此时李傕入内。他横握长刀，手提铁鞭，盯着献帝的脸不放。献帝吓得面如土色。

“啊呀!”侍臣们为防不测，团团护住献帝，个个忘却自我，握剑护主。

看到这等架势，李傕反而害怕起来。

“啊哈哈哈，有何惊慌的?贾诩，莫非在谈什么有趣的事?”李傕笑着打圆场，片刻之后走了出去。

二

李傕营中有众多巫女，皆得以重用。她们络绎不绝出入营帐，每有什么事，便登坛作法祈求，焚火调伏，以舞降神。

“天灵灵地灵灵……”她们口里念念有词，而后一句“神谕道”，开始向李傕面授妖说。

李傕对此敬畏迷信，事无大小，都要叫巫女过来，求听“神谕”。

看样这巫女降神多为邪神，李傕不畏天道，不惧人道，好作乱，与郭汜恶战，杀士卒，弃百姓于不顾。

有一次，同乡皇甫郦来营中拜访他，道：“无谓之乱，适可而止吧。你也是国之上将，享尽爵禄，还有什么不知足的？”

李傕嘲笑，反问道：“你为何而来？”

皇甫郦也笑将起来，答道：“貌似将军有些中邪，所以小弟特来为将军驱邪。”

皇甫郦是个能言善辩的人，他巧舌如簧，口若悬河，历数李傕数种罪状：因一己私怨而陷民于水火，监禁天子，等等。且说如果现在不思悔改，最终必遭天谴。

李傕怒不可遏，突然拔剑，抵在他的脸上，呵斥道：“滚回去！再开口就让你把这剑吞下去！”接着道，“莫不是奉了天子密诏，来劝我讲和的吧。也许天子觉得不错，但对我却不是。有谁把这密探给我宰了，有想练练手的吗？”

于是，骑都尉杨彪道：“交给在下吧。虽说是私下解决，但将军虐杀敕使，一旦传出去，天下诸侯便会站到敌方郭汜那边去了吧。将军就会失去人和。”

“随你处置吧！”

“那好。”杨彪便将皇甫郦带到外面，将他给放了。

皇甫郦正是受献帝所托，前来劝和的。但以失败告终，遂就此直奔西凉去了。

不过，他沿途散布说：“大逆不道的李傕，不是人，是连天子也敢杀的恶鬼。如此违反天理的畜生，必不得好死！”

悄悄接近献帝的贾诩，也暗中将印证世间恶评的事情在士兵中间散布，从内部削弱李傕的兵力。

“连谋士贾诩都这么说，没前途了。”投他乡异国而去的士兵渐渐增多。

对这些士兵，贾诩嘱咐道：“你们的忠心，天子也已洞明。等待时机吧。”

每天天亮，只见李傕的兵卒，少了一队又一队。

贾诩窃喜。而后又一次，他走近献帝献策，道：“此时，陛下可提升李傕为大司马，赐予恩典……请陛下敬候佳音。”

三

李傕很是烦闷。每当天亮，只见营中士卒又减了不少。

“什么原因呢？”他百思不得其解。

正不快间，皇帝的恩典从天而降。他大为惊喜，像往常一样召集巫女过来。

“今日，我受赐大司马一职。正如你们预言，近日有吉事。祈福果然灵验。该好好赏赐你们才是！”

李傕给予每个巫女莫大的褒奖，更加推崇妖邪之术。

然而，将士们却无半点奖赏，反倒因为近日逃兵很多而饱受训斥。

“喂，杨奉。”

“哦，是宋果啊。去哪啊？”

“也没去哪……我想跟仁兄私下谈谈。”

“什么事？这里没什么人。这可不像你啊，怎么郁郁寡欢的？”

“不快的，不只我宋某一人。我的部下，营内士兵，也全无精神。这都是我们的大将军不知爱惜将士之道造成的。坏事全归咎于我们，好事就都是巫女法术灵验。”

“嗯……在这种将军手下，确实悲哀啊。我等常常九死一生，风餐露宿，舍身战场……这可是那些巫女万万不及的。”

“杨奉，你我都是带兵的将领，岂可不体恤部下？”

“可又奈何呢？”

“其实，我想跟你说……”同僚宋果在杨奉耳边低语，说出自己的一大决心。

他是想起兵叛乱。杨奉也无异议。二人决意共扶天子。

当夜二更，宋果在中军举火为号。而杨奉在外伏兵待机。

可到了时刻，也不见举火。派人前去打探，原来事情败露，宋果被李傕所抓，已遭枭首。

“坏了！”正狼狈间，李傕的讨伐队伍已经杀到杨奉阵营。一切变了，杨奉乱了阵脚，抵抗到四更，死伤惨重，最后他伴着破晓之光寻路逃去。

李傕一方虽凯歌高奏，却可笑得很。实际上，他失去了自己的一大势力。随着日子一天天过去，他的兵力衰弱了下去。

而另一方，郭汜的军队也终于打累了。这时，一个来自陕西名叫张济的人，率领大军奔来，强行议和。

郭汜心想，如果两军交战，对方以逸待劳，恐怕我方凶多吉少。

于是同意和解：“今后共同协力匡扶社稷！”

被当人质的百官也得到释放，献帝也初展眉头。献帝嘉奖张济之功，任命他为骠骑将军。

“长安近乎废都。不如迁都弘农（今河南灵宝一带），不知陛下意下如何？”

对张济的建议，献帝也有所动心。

献帝思慕旧都洛阳心切。春夏秋冬，洛阳之地都有令人难忘的魅力。

而弘农距旧都近。所以，圣意即刻定下了。

此时正值仲秋，献帝和皇后的御辇在持长戟的御林军残兵守卫下，远离长安废墟，行幸空旷茫茫的山野。

四

走啊走，满目旷野。又时值中秋，御辇的帘幕已破烂，无人吟诗作赋，也没有笑声，只有无尽的凄楚、悲凉。

漫漫旅途，雨打风吹，献帝的衣袍已褪了色，长满了虱子。皇后的发鬓不再光艳，也无半点胭脂水粉，来遮掩她泪痕斑斑而消瘦的脸庞。

“此为何处？”献帝在帘幕后问道。北风呼呼，径直穿过破烂的帘幕，打在献帝身上。薄暮中，一条白练蜿蜒流过荒野。

“回陛下，此地乃灞陵桥畔。”李傕答道。

须臾，御辇便上了灞陵桥。此时，一簇兵马挡住了去路，呵斥道：“车上是什么人？”

“此乃大汉天子还幸弘农之御辇。胆敢不敬！”侍中郎杨琦驱马上前，大喝道。

两位大将模样的人物闻言一愣，惧怕皇威，翻身下马。“我等奉郭将军之命，据守此桥，以防不测。若见真天子，当即放行。请准拜见。”

杨琦撩起御辇帘幕，让其一睹真容。仰见得皇帝本尊，守桥将士忘我地高呼万岁。

御辇过桥后，郭汜引兵赶来。对守桥二位大将好一通训斥。

“你们干什么吃的?！为何放行！”

“可，我们只是奉命守桥，并未接到命令说要捉拿皇上。”

“蠢材！我听张济之言，一时收兵，只是诳他，并非真心要跟李傕讲和。这点事，你们身为我幕下都不懂吗?！”

言毕，当场叫人绑了二将，斩首示众。然后，粗野地吼道：“去追皇帝！”便骂骂咧咧地率兵急追。

翌日，御辇刚过华阴县，就听后面喊声逼近。

回头望去，只见郭汜带领一队人马，黄尘飞扬，狂奔而来。献帝直惊呼，皇后吓得全身战栗，趴在献帝膝上，哭声呜呜咽咽。

护驾的御林军没多少，而李傕也已不是当年叱咤长安的李傕。

“是郭汜。如何是好?”

“啊！已经追到了！”

宫人们胡乱逃窜，躲在辇后，狼狈不堪。就在此时，一彪人马忽然从大地冒出来似的，从彼方疏林和山丘背后，擂鼓隆隆杀过来。

出乎意料！出乎意料！

对护驾的将士来说，对追赶皇帝的郭汜来说，这彪人马的出现都在意料之外！

看之，其势有一千余骑。黑压压飞奔过来的人马之上，飘扬着一面旗帜，上书“大汉杨奉”。

“啊？杨奉？”谁看到这个大旗，都是目瞪口呆。前阵子，背叛李傕，逃离长安的杨奉，谁人不晓。他后来隐藏于终南山。得知天子路过此地，立即率领手下人马一千，如山降骤雨，席卷山野，飞奔而来。

第 2 章

绿林宫

献帝逃难徐晃保驾

一

杨奉手下有一勇士，名徐晃，字公明。骑栗色骏马，手舞大斧，踩踏郭汜人马冲杀过来。凡挡道者，大多化为血雾，尸骨不全。

郭汜人马溃败，杨奉乘势对徐晃命令道："妄想拥銮舆逃亡的一众贼子，一个不留，清君侧！"

"得令！"徐晃挥舞着如火焰的血斧，纵栗色马追赶过来。

躲在辇后的李傕及其部下，连出战的勇气都没有，尽皆奔逃。只有宫人们不弃帝逃命，他们齐坐地上，任凭杨奉处置。

杨奉见势收戟，令兵卒列队遥拜御辇。他自己则手持头盔，于献帝帘下，顿首跪拜。

献帝大喜，走下御辇，抓起杨奉的手，道：“救朕于危难之际，汝之功劳，铭记朕之肺腑，永不忘。”接着又问道：“刚才手舞大斧令人惊叹的勇士，何许人也？”

杨奉招徐晃过来，禀奏献帝道：“此乃河东杨郡人氏，徐晃，字公明，是微臣的部下。”

帝慰劳之，也给徐晃以嘉奖。

是夜，献帝御辇驾临华阴宁辑，在杨奉营中歇宿。

破晓之时，正准备出发离开，只听有人叫喊：“有敌人！”

是昨天敌人的逆袭，意在打个措手不及。且此次来袭的大军是昨天的数倍。

李傕和郭汜，一个被杨奉折损，一个被杨奉击溃，皆沦为败军之将，同病相怜。

“此时我俩是不是当团结起来，一起除掉那个碍事的杨奉？如若不然，你我二人，有苦头吃了。”

二人立时联手，从昨夜开始蠢蠢欲动，甚至汇集附近州县的无赖汉和山贼等乌合之众，势如破竹攻打过来，包围了营寨。

徐晃全力奋战，不输昨日，但毕竟寡不敌众，且献帝御辇和宫人们碍手碍脚，危急就在片刻之间。

恰在此时，幸好献帝宠妃的父亲老将董承引一队人马前来迎驾，献帝才得以脱虎口，先行逃离。

“别让御辇跑了！”

“交出皇帝！”

郭汜、李傕的部下，被呵斥着追赶御辇。

杨奉见敌军多为乌合之众，建议献帝和随臣道：“把珠宝、财物都扔路上。”

皇后把珠冠胸饰，皇帝把座右的符册典籍，也都从车上毫不吝惜地扔了下去。

宫人和武将们也都纷纷扒下锦衣，解开金带，“性命金不换”，一路跑着将身上细软之物统统抛了。

“呀，珠宝掉下来了！”

“有根金钗！”

追上来的士兵，个个如饿狼，抢拾地上财物，好像仗打完了，只管收获战利品。

“混帐！干什么！还不快追皇帝御辇！不许捡拾那些东西！”

不管李傕、郭汜如何驱马踢踩、如何呵斥，拥向金银珠宝的这些“蛆虫”就是不走。对他们来说，手抱百钱之财，远比追赶帝王车辙更重要。

二

说到陕西北部，住着尚未开化的苗族人，不消说，这里是远离繁华的僻地。

因同一目的而狼狈为奸的郭李联军，穷追不舍，所以皇帝一行改道，逃匿到此。

“既然如此，迫不得已。请陛下给白波帅一党降旨，召他们前来。借助他们打退郭汜、李傕之徒，这是如今所剩的唯一之计了。”献帝身边的人劝谏道。

白波帅是什么党派？

献帝一无所知，却也只能言听计从下发诏书。

“虽说乱世，但这也太意外了吧。”接到圣旨，白波帅的头目们自是吃惊不小。

他们是住在太古山林，靠食行人和良民血肉的绿林军，也就是落草为寇的山贼强盗之辈。

“喂，前往看看？”

“真的假的？天子诏书，叫我们过去？”

“不会假的。不管咋样，到处传闻说，天子逃避长安之乱，无路可走啦。”

“不会是陷阱吧？我们率领全军过去，然后将我们一网打尽？”

“他们有那军势吗？我们总做虎狼的老大，也不是个事呀。现在正是一跃龙门的大好机会。带领手下出山吧。”

李乐、韩暹、胡才三个头目，商议已定，纠合山林豺狼千余人，发号施令：“从今天起，我们就是官军了。多少得有点样啊。”然后飞奔前去救驾。

得到援助后，御辇再次投弘农急去。途中很快就撞上了郭李联军。

他们的军队也混杂着土匪山贼，两军交战，犹如猛兽与猛兽的撕咬，血腥惨烈，连太阳也被笼罩了一层血色黑霞。

“敌兵大多是绿林一伙啊。”

注意到这点后，郭汜想起了之前自己的兵卒抢夺财物的一幕，于是，将从士兵处没收而来的一辆车的金银财物，全抛向了战场。

果然，李乐等人的手下停止战斗，争抢起来。

为此，好不容易召集起来的官军，不但没起到任何作用，反而头目胡才战死，李乐也是追随御辇才死里逃生。

献帝御辇直奔黄河岸边。李乐下了断崖，终于寻得一艘船。可是，岸壁险峻如直立屏风，献帝只向下看一眼，便发出绝望的声音，而皇后只是一味地哭泣。

“如何是好？”杨奉、杨彪等侍臣也是苦无计策，眼看敌人就要追上来，且前后能看得见的自家兵马已所剩无几。

皇后的哥哥伏德，从车上取下数十匹绢布，包裹住天子和皇后的御体，用绳子把他们从绝壁上吊下去。

最终登上小舟的，除了献帝和皇后，不过数十人。其余的士兵和后赶来的宫人，也纷纷跳进黄河，想要一同渡河逃亡，一双双手从水中拼命地抓住船舷。

“不行，不行。都上来的话，我们都没救啦！”

李乐拔剑，咔嚓咔嚓斩断了那些手指或手腕。打到船舷上的浪花也变成了红色。

三

一直以来伺候献帝左右的宫人们也未能幸免，动作慢的惨遭杀戮，抓住船舷的也被无情地推落水中，沦为黄河的藻屑。

献帝御泪滂沱，从面颊流下，“啊，痛心啊！朕，再登祖庙，定祭汝等亡灵。”

眼前的一切太过残酷，皇后面无血色地杵在那里。随船前行，风浪愈烈，皇后渐渐心如死灰。

终于，抵达对岸时，献帝的御衣也已湿透。不知皇后是不是晕船的缘故，身体已经动弹不得。哥哥伏德背起皇后，一步一颤地前行。

秋风冷冷扫过芦荻，发出悲鸣之声。天气阴沉，衣裳愈发难干，大家的嘴唇也都紫了。

御辇也没了，被弃了。献帝只得赤脚赶路，由于不习惯徒步，脚已经磨破，渗出血来，那样子看着都疼痛难忍。

“陛下再忍忍……再走会儿就有村落了。”杨奉扶着献帝手臂，频频鼓励道。但是，走在后面的李乐用他那惯常粗野的话急催道："啊？不行哪！对岸的敌人也要引船渡河寻过来了！再磨蹭就被追上啦！"

"那边好像有一户人家。请陛下在此稍等片刻。"杨奉放开献帝手臂，飞奔了过去。

没过多久，他从那边的农家拉回来一架牛车。

本来是一架农耕用的破车，杨奉在其上铺上草席，就当御辇，让献帝和皇后坐在上面。

"好啦，快快赶路吧。"杨奉手拉缰绳道。

李乐捡起一根细竹，"快走！快走！"不停地抽打牛屁股。

车上的御座就像在大浪之上，摇晃得厉害。掌灯时分，终于来到一个叫太阳的村落。借了农家一个小屋，作为皇帝的下榻之处。"有贵人住下啦。"村里百姓交头接耳。但他们并不知道这贵人正是当今汉朝的天子。

其中有一个老妪，做好饭菜送来，"请贵人慢用。"

杨奉接过献上，献帝、皇后正饥肠辘辘，看见饭就大口吃起来，但显出一副难以下咽的样子。

"呀，原来在这里呢！"天刚亮，乱军中被打散的太尉杨彪和太仆韩融二人，带着若干人找到了这里。

"那么昨日，从后面乘渔船渡黄河而来的就是你们喽？"杨奉等扈从皆喜出望外。

尤其是献帝，此时哪怕多一个自己的人，心里也会更加有底气。"太好啦！都平安无事！"说着，又流泪了。

尽管如此，但这里并非久留之地。扈从在牛车上铺好素席，请献帝和皇后乘坐，然后离村落而去。

途中，太仆韩融向众人道别："虽然不知能否成功，但郭汜、李傕一直都很信任在下，我想借此旧交去劝他们收兵，舍命一试吧。我想也不见得他们不肯。"然后，一个人折路而去。

四

献帝如同流民般的漂泊，又持续了数日。

虽然其间有自己的人从后面陆续赶来，但大多是粗野狰狞的李乐的手下。

所以，一行人中只有李乐有手下二百余人，最为嚣张。

太尉杨彪向献帝劝谏道："首先，前往安邑县（今山西夏县西北），暂时安置一处皇居，以保玉体如何？"

"好吧。"献帝看起来好像已万念俱灰。

"既如此……"

牛车圣驾直奔安邑急去。但此地并没有适合的临时御所。

随从找到的地方，虽有土墙，但连个门户都没有，只不过是荒草丛中的一处破旧茅屋。

“权且这里吧。”

“这里真适合如今的朕啊。看，四方尽是荆棘，荆棘之狱啊。”献帝对皇后道。

不过，茅屋再差，一旦作为皇帝的御所，登时就成为禁地，不可随便进入。

绿林头目李乐，跟随献帝以来，也已受赐征北将军的官职，所以不知长安和洛阳皇宫的他，在这里也是心情大好。

近来，他更加得意忘形，不等侧臣上奏，就跑到御座跟前，无礼强求。

“陛下，我那帮弟兄，为了陛下也是吃了不少苦，请赐他们个一官半职吧——像什么御史呀、校尉呀，给个头衔就行。”

侍臣们看不下去了，上前阻止，李乐反而原形毕露。“都给我闭嘴，你们这些人！”一个耳光扇倒了朝官。

这还算客气的，他发起疯来，不是对献帝的侧臣拳打脚踢，就是揪耳朵抡出屋外。

献帝知道李乐的脾气，便依李乐所言，事事点头。不过，封赐官职得用玉玺。笔墨纸砚倒还好说，但玉玺如今去哪找呢。

故此，献帝让李乐“暂且等等”，可目空一切的李乐，不认这个账，胡言乱语道：“玉玺不就是皇帝的印章嘛，这个容易，你用手刻一个不就得了……”

“砍根荆棘木过来!”

献帝被迫以荆棘木为材，没有刻刀，就用锥子，亲手刻出一方印章来。

李乐大为得意，来到手下营中，摆出一副功勋卓著的面孔，讲述原委：“好啦，给你个御史做做。你嘛，做那个叫什么校尉的官吧。那你们都给我好好干！今晚庆祝一番。什么？没酒？去村里找找看。掀开地板，总能搜出一两坛来。”

丑态暴状，不忍目睹。

这期间，河东太守王邑曾送来些食物和衣服。献帝和皇后靠这点施舍总算免于挨冻受饿。

五

先前，太仆韩荣告别献帝一行，途中折路返回，只身一人去会李傕、郭汜，劝其收兵。不久，他带领大批兵马和宫人回来。

他立即伏拜于阙下，上奏道：“请陛下放心。李郭二人已听从微臣之劝，收兵罢战，并将众多俘虏全都放了回来。”

李傕和郭汜那两个暴将，居然只一言劝告就回心转意了，真是怪哉——众人纳闷儿。但听韩融细细道来，

“不是那么回事。与其说是他们良心大发，不如说是饥饿的影响，不得不休战。”

从秋至冬，那年的大饥荒，在老百姓的生活中深刻地反映出来。百姓们采枣吃，煮草喝，那草要是干枯了就吃枯草的根，甚至土。

这间茅屋宫廷，突然宫人增多，献帝心里虽喜，但眼下窘于朝官们的口粮。

“回洛阳吧。”献帝频频说道。

而李乐总唱反调，“去了洛阳，一样这么饥荒。”

但朝臣们一致认为，“如此狭小之地，圣驾不可久驻。既然洛阳自古就是天子建业之地……”都盼望着还幸。

然而，因李乐一人顽固不化，朝议总没个结果。

于是，一天夜里，趁李乐带手下又去村里搜酒和女人的当口，早已合计好的朝臣和将领们拉出御辇，传旨道：“还幸洛阳。”

杨奉、杨彪、董承等人守护着御辇，暗夜急行。赶了几日几夜的艰难之路，而后来到一个叫箕关（今河南省内）的关隘。

当夜已四更时分，万山黑暗中，点点松明火逼将过来，喊声四起，“李傕、郭汜，在此埋伏多时！”

献帝大惊，杨奉安慰道：“不是不是，李傕、郭汜怎么可能在这里出现。我看定是李乐冒名来袭——徐晃徐晃，徐晃何在？”

“徐晃在此！”辇后的徐晃答道。

“任你为殿军。从今起，不必再忍啦。”杨奉命令道。

“诺！”徐晃大喜，热血涌动，催促御辇道：“先行！先行！”

自己则留在原地。待李乐追来，徐晃立于马上，张开大手挡住去路，大喝道：“畜生！且慢！再往前就是洛阳城门，非汝等禽兽过的路！”

“什么！胆敢说我们是禽兽！你这个杂碎小儿！”李乐一众叫喊着杀过来。

徐晃一扫，雷声一击，“终于等到今日了！”将平日一忍再忍的怒气一下子全发泄了出来，手起刀落，将李乐削为两半。

第 3 章
改元
说曹操，曹操到

一

几度逃脱虎口，历经千难万险，献帝终于回到旧都洛阳。

“啊，这是洛阳吗？”献帝怃然，站在那里。

护驾而来的百官也无不泪下，“面目全非啊。”

洛阳千万户，紫琉璃黄金玉的城楼宫门，如今何处寻？

目之所及，唯有茫茫荒草。有石头便是楼台遗址，有水便是朱栏桥或水亭玉池遗迹。

官衙、民宅，只剩下烧焦的石头和木头，残留于草丛中。秋末，已近冬天，在这萧萧废都，甚至不闻鸡犬声。

“这一带莫不是温德殿的遗址？而这一带是金门的

遗迹……”献帝忆往昔，历历在目，徘徊半日。

献帝也不禁想起当年董卓弃洛阳、强行迁都长安的暴乱之举，和那可怕的兵乱之火，心中悔恨交加。

不过，逆贼董卓，还有当时的暴臣，大多已成异乡白骨。只是如今，董卓的旧部郭汜、李傕二人仍在世作乱，成为汉室的毒瘤，祸害着献帝。

如此想来，汉室和董卓真是孽缘颇深。

“没有人家了吗？”献帝极度落寞，回头看着扈从人等，问道。

“以前在城门街一带，好像有数百间破烂茅屋。但因连年的饥荒和疫病，这数百户人家也快过不下去了。”侍臣如是答道。

后来，公卿们编制户帐，评估居民人数，并改年号为建安，同年就是建安元年。

皇居的建造成为首要之急，但眼下，既无兴土木的人力，朝廷也无财力，只能草草搭建一处权且遮雨、处理政事的临时御所。

虽然建了临时御所，但无贡粮，文武百官的吃饭成了大问题。

于是，尚书郎以下人等，全都赤足下地干活，耕田种地，捡瓦盖舍，剥树皮做饼，煮草根做汁，为每日的生计劳作。

尚书郎以上的官员，说是有朝廷政务在身，其实也没什么事可干，空闲时便入山采摘果实，捕猎鸟兽，伐木砍柴，虽辛苦了些，但为献帝的膳食出了一份力。

一次，太尉杨彪向献帝上奏道：“如今乱世，这样也不是长久之计，实难忠良显，万户建，恢复昔日洛阳。得有个对策才是。”

献帝本就苦无良策，于是问杨彪“如何是好”。

杨彪说他有一策，向献帝陈述道：“臣闻，如今山东曹操招集良将谋士于麾下，蓄兵数十万。他现在举旗只欠大义名分。现在如果天子下敕，命其保社稷，曹操定会望风而来。”

献帝采纳了杨彪的意见。不久，敕使便从洛阳出发，急下山东去了。

二

山东之地虽遥远，但献帝还幸洛阳之事，当地人早有耳闻。

黄河之水一日下千里。每当天亮，来来往往的船客，便把最新消息向各地散布开去了。

“看不到，但变动着。天地时刻运行不止。伟大啊，永久地运行。大丈夫生于天地之间，岂能白走一遭？我也是那群星中的一星啊。”曹操仰天长叹。

山东尚处晚秋时节。城楼之上，银河朦胧，星夜当空，十分美丽。

他已非当年那个白面小生、慷慨青年。

自从镇抚山东一带，一跃被封建德将军，叙费亭侯之爵，养兵二十万，帐下谋士勇将云集，现在已足够图其大志了。

“是时候了！”他自语道，“曹操啊曹操，是时候图大志了。我生于斯长于斯，看吧，就从这里开始！”

他不是甘于现有的小成、荣华和爵位的人。

他的兵，不是守护当下太平的卫兵，而是不断发动进攻的战士。他的城池，不是眼下偷安享乐的温床，而是前进再前进的基地。他的抱负大不可测。他的梦想或许怀有诗人的幻想，但没有诗人那般脆弱。

“将军……在这里呢。宴席上不见了您的身影，大家都念叨您去哪了呢。”

“噢，是夏侯惇啊。今夜不知不觉喝醉了，一个人出来醒醒酒。”

“今晚真是适合长夜宴饮啊。”

“再欢乐，我也不能够满足于此。”

“可……大家都很满足了。”

“一帮志小的人。”

这时，曹操的弟弟曹仁，不知为何，神色紧张地登上来。

“兄长！”

“为何慌张？”

“就在刚才，县城快马来报。天子的敕使从洛阳来了。”

“来我这里？”

“当然。来报说敕使一行从黄河上岸，继续行进，大概明日就进入我们领地。”

“终于来了。终于来了。”

“嗯？兄长早已知道？”

“没有什么知道不知道的。该来的终归来了。”

“啊……”

“正好今晚宴席，大家都在。”

“是。”

“传我的话，漱口，净手，洗去脸上酒色，然后到大议事阁集合。我也马上过去。”

“是！”曹仁驰去。

曹操下了楼台，冷泉边漱口，更衣，佩剑锵锵作响，大步走过石廊。

会议阁的大厅，群臣已聚齐。刚才还在酒席上撒欢的诸将，转眼间正襟危坐，目光炯炯，迎接大将军曹操。

“荀彧。”曹操指名道，“把你昨天对我吐露的意见，一字不落地在这里讲一遍。敕使已经下山东来。我主意已定，不过在这之前，先由荀彧讲明大义。荀彧，起来说吧。”

“是。”荀彧站起身来，把当今辅佐天子乃英雄大德，是收拢天下人心之大略的意见，有理有据地滔滔讲述了一遍。

三

敕使下山东，一个月后。

“大事不妙！”

洛阳的朝臣就像那连根都被撼动的树上飘下来的落叶，出入临时御所的宫门，尽皆失色。

一骑，又一骑……

这日，看上去像是武将的人等，快马也不收缰，到了简陋的宫门，就翻身下马，一个接一个滚了进去。

“董承，如何是好啊？”

从献帝的脸上可以看出，他再次深陷夏秋的可怖记忆中。

急报传来，说李傕郭汜二军后来扩充人马整备大军，卷土重来，向洛阳攻上来。

“派往曹操那里的使者尚未归来，朕，如何藏身？”献帝向诸臣问急，眼眸里已含泪而泣，为这被诅咒的命运。

“无可奈何。”董承垂头丧气道，“……既然如此，臣以为再弃御所，投奔曹操，或为上策。”

对此，杨奉、韩暹二人道：“依靠曹操，却不知曹操的内心城府。他野心如何，尚不可得知。不如臣等率领所有兵马御敌。”

“话虽勇，但我们连门郭城墙之护都没有，兵马又少，如何防御啊。”

“莫要羞辱。我等也是武将。”

“我并无羞辱二位的意思，只是万一抵挡不住，可就来不及啦。让天子移驾何处？一旦落入暴贼之手，这等灭顶之灾，你们的武勇也……”

正争吵之间，室外有两三人呵斥道：“还争执什么？！没完了？！现在可不是时候。敌人的先锋已向此处攻来！没听到马蹄声声、战鼓隆隆吗？！”

献帝惊愕，从御座站起来，拉着皇后的手，从御所出来，钻入御辇。侍卫人等、文武百官，有随去的，有留下的，一时陷入了混乱之中。

御辇向南落荒而逃。

街道路边，许多难民饿倒在地。

饥饿的老人和孩子，在到处挖枯草根。饿鬼般，找到冬天的虫子就吞吃起来。刚看见肚子鼓胀的幼儿，又看见一个女人，舔着泥土，目光呆滞，木木地望着这个世道的天空，嘴里只念道：“为何生呢？”

奔马、皇帝的御辇、赤脚的公卿们、持戟的兵将，如激流的一阵沙尘，裹挟着惊慌喊叫声，从饥民前面经过。

正在舔土、吃草的无数饥民，从眼前逐渐向后远去。

“什么人……”

“啥人呢……”

可悲的世相，在无知饥民的眼中，似乎并无任何异样反应。即便看见戟光，听到悍马嘶叫，他们的眼和耳，也麻木得不知惊恐。一群对恐怖已丧失知觉的饥民！

可是，不一会儿，李傕、郭汜大军从后追来，黑压压铺天盖地。瞬间，荒野上看不见一个饥民的影子，连只鸟儿也不见了，不知钻到哪儿去了。

四

一路的沙尘和悲鸣，皇帝一行历经艰辛奔走了十数里。忽然，前方旷野横卧的山丘那头，黄尘滚滚，万马奔腾而来。

“呀，咦？”

“那大军是？”

“莫不是敌军？”

“啊呀……前方也有敌军？”

扈从宫人们骚动起来，献帝也愕然皱眉。

此处进退维谷，跟随御辇的一行人惊慌大叫，不成体统。皇后也抽泣起来，献帝也嚷嚷着："改道!"

但是，事到如今，改道奔逃又能如何。后面有追兵，前面也有敌军。

想到这里，扈从的文武百官们大叫大限已到，苦想如何逃命，有的已想得两眼充血。

这时，看见对面两三骑，不像武夫扮相的人，大声疾呼着什么，正向此处奔来。

"啊，看着眼熟。"

"像是朝臣呢。"

"对，就是先前作为敕使下山东的人。"

众人大感意外。片刻之间，来人气喘吁吁飞身下马，跪伏于御辇前，上奏道："陛下。我们回来了!"

献帝尚有惊讶之色，道："那边大军，是何人军队?"

"事情是这样的。山东曹将军接待了我等，拜受敕诏，即日号令全军奉主上，作为先锋部队，夏侯惇等帐下十余将，受领五万兵马，赶来救驾。"

"哦……这么说是前来救驾的山东兵。"

聚拢在御辇周围的一众人等，听到使者的话，像是从鬼门关逃了回来，无不雀跃狂喜。

这时，一队人马，铠光锵锵，先行过来。

正是夏侯惇、许褚、典韦等山东猛将十数名。

见御辇，便齐刷刷飞身下马施礼，纪律严整可见一斑。

列队约走出十步，夏侯惇代表诸将道："如陛下所见，臣等长途赶来，甲胄在身，刀剑悬腰，唐突谒见，有失体统，但情急之下，望陛下许臣等以军礼直奏。"

山东勇将，果然名不虚传。言语明晰，气宇非凡。

献帝甚喜，更觉心中底气大增，道："鞍马长途奔驰，岂问衣着。今日救朕于危急，诸位的劳苦与忠节，他日定当重重恩赏。"

夏侯惇诸将恭谨再拜。

夏侯惇又奏道："主公曹操调大军，需数日。臣等作为先锋，先行而来。请陛下宽心，就交给我们吧。"

献帝点头，眉宇舒展。

围着御辇的文武大臣和宫人，异口同声欢呼万岁。

然这时，有人来报："东面发现敌军。"

五

"勿惊慌。不可能是敌军。"夏侯惇立即上马，手搭凉棚，驱马察看，片刻回来，告诉众人道："如我所料，现在东边不断涌现的人影，并非敌军，乃是曹将军的弟弟曹洪大将和李典、乐进副将率领的三万步兵，继我等之后而来。"

献帝喜出望外，“又是自己人！”圣心大安，已无所惧，甚至不是敌军还略有失望。

不一会儿，曹洪的步兵队已到近前，立定后便开始鸣金钟、呼万岁，大将曹洪到圣驾前施礼。

献帝看着曹洪道：“汝兄曹操真乃社稷之臣！”

御辇从都城洛阳落荒而逃时，在大地上印出了深深的车辙，转眼间，在八万精兵的拥护下，车辙掉转，重向洛阳而行。

另一边，郭汜、李傕的联合军攻下洛阳，杀将而来，却看见前方有意想不到的大军涌来，顿时懵了，目瞪口呆。

“怪哉。莫非朝臣中有使妖法的人？刚刚只带几个近臣逃走的献帝，不可能突然冒出这许多军马来。定是使用妖术，蒙蔽我等双眼，变出这虚幻之兵。不用怕。冲破它！”说完冲将上去。

“幻兵”很强，在实战中显示出了山东军的新式军备和昂扬斗志。

李傕、郭汜的军队，何堪一击？他们的联合军，说到底，不过杂军一支，且旧态依然，最终被粉碎，溃败而逃。

“血祭第一战！杀！杀！杀啊！”

夏侯惇对已然狂暴的士兵进一步鼓舞士气。

血、血、血——从荒野到洛阳城中，一路血流。

仅半日，砍死的敌军尸体已一万有余。

黄昏时分，献帝龙体无恙，进入洛阳故宫。兵马在城外扎营，燃起熊熊篝火。

时隔数年，洛阳之地又囤积了八九万军马。篝火染红夜空，照亮了整个洛阳城。那一夜，献帝定是久违地睡了个好觉。

不日，曹操也率领大军上洛阳来。其威势，足可吓得敌军云消雾散。

“曹操上洛阳了。”

“曹将军来了。”

人人如仰望太阳般翘首盼望他的身影。他的威名，此时如日中天，乘洛阳上空的紫云而来。

曹操入都之日，大军一色红装扮，红底金襕战袍、红柄枪、红旗帜，成八卦吉瑞阵形，把大将曹操围在中央，一鼓六足，踏响大地入城来。

迎接之人、仰慕之人，无人不惧，“此人才是善用兵马之将！”

可曹操却不骄狂，立即朝见献帝，且未得献帝恩准，他就低身屈于阶下，决不起身。虽是简陋的临时皇宫，他也决不擅自踏殿上一步。

第 4 章

火星与金星

曹操迁都又收徐晃

一

曹操进殿上奏，向献帝起誓曰："终生护国土，终生抱国恩，乃臣素日所抱之志。今日，得皇上恩宠，召于殿下，拜受大任，是臣之幸。微臣虽不才，但旗下有精兵二十万，皆为有臣之志的忠良。恭请陛下宽心，千秋万代之大业可待矣。"

曹操在"万岁""万岁"的呼声中退下，皇居宫院也迎来了久违的明朗。

然另一边，李傕、郭汜的阵营，已为天下公愤的贼军，大失所算，进退两难。

"不就是个曹操吗？没什么了不起。且他们远路赶来，定是人困马乏。"

李、郭二人想法一样，求战心切。唯独谋士贾诩意见不同，进谏道：“曹操此人，不可小视。毕竟乃当今超群的骁将。且和以往不同，如今他麾下文官武将云集。不如舍逆从顺，脱盔卸甲出降。若和他硬碰硬打，恐怕后世之人也会笑我等自不量力。”

忠言逆耳。李傕、郭汜都听不进去，“你是要劝降吗？战前竟说这等不吉利的话。还说我等自不量力。无礼之徒！”命人拖出去斩了。

贾诩的同僚拼命为其求情，李、郭二人这才饶他不死，“且留你一命，日后再胆敢口出狂言，定不轻饶。”

当天夜里，贾诩咬破幕帐逃走，从此不知去向。

翌日早晨，贼军按照二将的命令前行，要与曹操大军正面交锋。

李傕有两个侄子，一个叫李暹，一个叫李别。常以铁腕自诩。二人并驾齐驱，首先冲破了曹操的前卫。

“许褚！许褚！”曹操在中军用手一指，“去！看见了吗？那两个敌将！”

“诺！”许褚如放飞的鹰一样，飞马扬尘而去。只见刚靠近敌将，便将李暹一刀斩落马下。李别吓得逃窜狂奔。“哪里逃！”许褚从后面追上，一把拧断了李别的脖子，然后拨马返回，静默从容。

看到此等胆量和沉着，敌军无人敢追。许褚把两颗人头摆在曹操面前，那感觉好像从庭前捡来两个柿子，道：“是这两个吗？”

曹操拍了下许褚后背，赞赏道："正是，正是！你真乃当世樊哙。我仿佛看到了樊哙的化身。"

许褚原本只是一介田夫，来到曹操麾下不久，受到如此褒奖，害羞起来，"哪有，哪有。"说着躲到诸将中间去了。

曹操看见许褚那样，不顾眼下大战正酣，大笑起来。"哈哈哈，这家伙真逗。哈哈哈。"

看到此番情景，诸将心想自己这辈子也要让曹操拍下后背。

二

大战结果，当然是曹军大胜而归。

李、郭之徒，到底不是曹操的对手。死的死，伤的伤，如落网之鱼、丧家之犬，被追赶着落荒西逃。

曹操名震四方。

他把贼军打退后，将斩获的首级悬于街头示众，下令安抚百姓，严肃军纪，屯扎城外。

"唉，无所事事。如此下去，我等岂不成了他的垫脚石？"杨奉眼看着曹操的势力与日俱增，一日，向韩暹吐露了心中不平。

韩暹如今供职于禁门，但原本贼将出身，与李乐等人结党绿林，当即本性暴露。"贵公也有怨言？"污言秽语说起对曹操的种种不满。

“迄今为止，我等护驾救驾的莫大忠心和苦劳，随着曹操的羽翼丰满，不知会怎样。曹操定会把自己一族的功勋放在第一位，而无视我等功劳。”

“是啊，不会重用我们的。”

杨奉对韩暹察言观色一番，而后耳语了些什么。

“嗯……嗯……就这么干！”韩暹两眼放光。

之后的四五天，二人一直在秘密谋划。一天晚上，他们忽然把宫门守兵诱出，转移他处。

朝廷惊动，四处寻人，才终于知道真相。杨奉、韩暹二人谎称追赶逃散贼兵，实则率兵投大梁而去。

“先问问曹将军吧。”献帝在召集大臣商议之前，派一侍臣作为敕使，前往曹操大寨。

敕使带着圣旨来到曹营。

曹操听说敕使来了，恭敬出迎，礼毕，抬头一看，不觉眼前一亮。

“……”

人品之高雅。人品之高尚。

“此人……”曹操审视着此人，恍如忘我。

许是世风日下，连年饥荒，人心颓废等，自然反映在人们的脸上，无论看哪张面孔，都是眼凸，耳薄，唇色发腐，皮肤无光泽。

有人如豺，有人如鱼骨披人皮，还有人似乌鸦。这就是当今人间的面孔。

“而此人……”曹操看得出神。

眉目清秀，唇红如丹，皮肤白皙，不是那种不见阳光的萎蔫之美。外表清雅飘逸，仿佛内心清爽之物散发着芳香。

“这才是玉树临风的人吧，很久没见有模有样的人了。”曹操心里自语，却又觉得此人有点讨厌。

不，是觉得有点可怖。

他那清冷的目光，好像已经看透了自己内心深处。如果此人不是自己的人，纵使不是敌人，也是个不可不防的人。

“呃……阁下作为敕使前来，所为何事？哪里人啊？”片刻坐定后，曹操若无其事地问道。

三

“承蒙垂询，不胜羞愧。”敕使董昭简短答道，“三十年间，徒受恩禄，身无寸功。”

“现居何职？”

“任正议郎。”

“哪里人氏？”

“济阴定陶人氏，名董昭，字公仁。”

“哦，也是山东人啊。”

“以前从事袁绍左右，闻听天子还幸，驰来洛阳，董某不才，现在朝中任职。”

“啊，刨根问底，冒昧之处，还请原谅。”

曹操设酒宴，又叫荀彧入席，共谈时局。

这时有人来报，有一彪人马声称是禁卫军，昨夜出城一路南下而去。

曹操闻报，欲发兵，“是何人擅自调动禁卫军的？速将贼首生擒了来。”

董昭出言劝阻道：“那是心怀不满的杨奉带头，和白波帅出身的韩暹，二人密谋，逃去大梁。此乃嫉妒将军威望的鼠辈之举，能成何事？不必劳心。”

“可李傕、郭汜之徒也在地方落脚了……”曹操强调道。

董昭微微一笑，“这也不足为虑。不过是从一枝树梢上震落下来的几片枯叶，只需伺机扫拢，一把火烧了便是。倒是将军另有当务之急啊。”

“啊，这正是我要问的，请赐忠言。”

“将军大功，天子看在眼里，庶民也都知晓，然朝廷旧壳里那些保守势力、门阀、官僚中小心眼的人，各个用异样眼光、异样心胸注视着将军。且，洛阳之地也不适合革新政治。窃以为，宜将天子之府迁往许昌，在所有部门断行生机勃勃的革新。”

侧耳倾听的曹操，道：“承蒙今日含蓄教诲，今后也请多多赐教啊。我曹操一旦成就大业，必将厚报。”当日作别。

是夜，又有客来，对曹操如是告知：“近来，侍中太史令王立观天文，发现自去年太白星横穿天河，彗星也向太白星运行，两星正要交会。王立说，据记载此现象千年才有一两次，传言如果金火两星交会，必定出现新天子。想来，大汉皇脉不正是气数将尽？岂不是新天子兴于晋魏之地的征兆？王立正有此预言。”

曹操默然，听着来客的话。而等客人一走，便带着荀彧登上楼台，“荀彧，望这天象，我也看不懂。刚才客人说的，你怎么看？”

“或许是天谕。汉室原本属火性之家。主公乃土命。许昌的方位正属土性之地。若以许昌为都，曹家必定兴荣。”

“嗯，原来如此……荀彧，速速派人往那个王立处，令他不得对人再谈天文之说。可好？”

四

没有人认为这是迷信。

这是哲学，或对人生科学的追求。至少在那个时代从士人到庶民，对天文历数和易经五行之说，深信不疑。

作为崇高的命运学说，他们的命运观中，有星辰运行、月食、天地异动、易经暗示，也有预言家的话，他们习惯于甚至热衷于关心那些语言。

身处这渺茫的黄土大地，无论汉室天子也好，曹操、袁绍、董卓、吕布、刘备也罢，还是孙坚等其他豪杰，都有弱小无常的一面。面对广袤无垠的大自然的伟力，就连英雄豪杰也深知人的渺小，这是祖祖辈辈生来就知晓的。

例如，黄河长江的泛滥，蝗虫带来的灾荒，从蒙古吹来的黄色沙尘暴，大雨、大雪、暴风，还有其他各种各样的自然之力。他们是英雄豪杰，但身处对这些束手无策的文化中。

所以，除了恐惧之外，他们在黄土大地上，极尽人智人力地建设，又时常破坏后扬长而去，极尽情痴和贪婪，自甘堕落，时战时和，骄奢淫逸，也时常遭遇不幸——既像有一定秩序，又像毫无秩序的自由野民——实则在悠久的历史长河中描绘着一幅治乱兴亡的人间生态图。在漫长的经历下，自然而根深蒂固地畏惧又相信的，只有“人受命运主宰”。

命运，人的智慧无法解答，但上天知道。大自然会预言。

天文易理是为此而生的最高学问。不，是所有学问如政治、兵法、伦理，也都是以阴阳二元和天文地象的学理为基础。

曹操恭谨地向天子奏道："臣深思，洛阳之地已化为废墟如此，其复兴不是易事。且从将来文化兴隆的角度来看，交通运输不便，地象恶劣，民心也是一去不返。"

曹操继续道："与之相比，河南许昌，土地丰饶，物产丰富，民风也不荒蛮。更好的是，那里城郭、宫殿齐备。因此，希望将国都迁于此地。迁都的仪仗、御辇也已准备好了，可谓万事俱备。"

"……"献帝只有点头。

群臣哑然，谁也没有提异议，因为大家都怕曹操。另外，曹操的奏请也很有手段。

再次决定迁都。

护卫、仪仗的大队人马簇拥着天子，从洛阳出发，路过数十里外的山丘时，突然大漠之中杀出一队人马，呼啸袭来。

"曹操休走！"

"挟持天子，欲往何处？！"

原来是杨奉、韩暹的兵马。其中也有杨奉的属下徐晃，他手提大斧，战马呼哧呼哧，冲将过来，"木末之将，没用的东西！让曹操来参见……"

"啊呀，许褚！许褚！那个饵食给你啦！拿下他！"曹操命许褚应战。

许褚如鹰鹫般从曹操身边飞驰而过，直冲徐晃战马。

五

徐晃也是英勇绝伦。

许褚也有万夫不当之勇，不虚“当代樊哙”之名。

“棋逢对手，来呀!”许褚舞枪挑战。

徐晃也挥大斧，大放豪言，“正是我要找的对手，可别打到一半就跑啊!”

两雄单打独斗，大战五十余合。战马已汗水连连，如湿透的纸，而二人一点也没有疲惫之相。

“哪方能胜?”

一时，两军屏息观战。旺盛的生命力与生命力的搏杀，犹如魔王和兽王相互咆哮。其壮绝之“美”，是这个世上任何生物之美也不足以相提并论的。

远远观战的曹操，突然想到了什么似的，命令道：“鼓手！鸣金!”慌忙又补充道：“鸣金收兵!”

“是!”鼓手准备好，一句退兵，敲响了铜锣。

不知突发何事，全军撤回营地。当然，许褚也抛下敌手归来。

曹操召集许褚等幕僚，道：“诸位觉得不解吧，突然鸣金收兵，实是因为不忍斩杀徐晃这个人。今日我看徐晃，真乃稀世勇士，可为出色大将。虽说是敌将，可惜啊，要如此将才死于这等无益之战，可悲啊。我想将其招至帐下。何人能说服徐晃，降服于我？”

这时，出来一人，主动请缨，“我愿前往。”此人乃山阳人氏，一个叫满宠字伯宁的人。

“满宠啊。好，就命你前往。”曹操准许道。

满宠当夜只身混入敌地，偷偷造访了徐晃营帐。

树间摇曳的月光下，徐晃身不解甲，展帐坐下。

“何人，来此窥伺？”

“啊……久违了。徐晃大人，别来无恙乎？”

“哦，满宠啊。为何来此啊？”

“想起旧友，甚是思念啊……”

“两军交战，既已成敌我，何谈旧友……”

“啊呀呀，正因如此，大将曹操特意派我前来密受旨意。”

“嗯？曹操？”

“今日一战，曹操麾下第一猛将许褚迎战你，曹将军见你作战骁勇，真心惜才，故而突然鸣金退兵。”

“啊……原来如此啊。”

“像您这样的勇士，为何侍杨奉这等暗愚之人为主？人生不足百年，而污名待千年也难雪。常言道良禽择木而栖啊。”

“不不，我也知杨奉无能，可主从宿缘到如今已然无奈。”

“没有的事。”

满宠凑近，贴着他耳朵说了些什么。徐晃叹息，摇头道：“我素知曹将军英迈，但只要一日为主，我怎可取他首级献降。”

第5章

二虎竞食之计

曹操欲离间刘备吕布

一

杨奉手下在他耳边密告道：“徐晃方才把敌方之人引入自己帐中，二人此时正密谈着什么。”

杨奉当即起疑，“抓来问之！”派出数十骑，包围了徐晃营帐。曹操伏兵遂起，击退来兵。满宠趁机救出徐晃，一起向曹营逃奔而来。

曹操如愿得到徐晃这员猛将，开怀道：“此乃近来第一可喜之事。”

曹操爱士胜过爱女人，如何厚待徐晃，自不必说。

杨奉、韩暹二人试图奇袭，但徐晃已投奔了敌人，实无胜算，遂朝南阳（今河南南阳）落荒而逃，去投靠那里的袁术。

献帝御辇和曹操大军终于到达许昌城门脚下。

许昌城内有旧宫殿，有整齐的街衢。曹操先定中宫，营造宗庙，增建司院官衙，使得许都面貌一新。

同时，封旧臣十三人为列侯，自己则坐上了大将军武平侯的要职。

此外，董昭——即先前作为献帝敕使前来，被曹操看中的董昭（字公仁）——很快被登用为洛阳令。

满宠因功被提拔为许都令。

荀彧任侍中尚书令。

荀攸为军师。

郭嘉任司马祭酒。

刘晔任司空曹掾。

毛玠、任峻为典农中郎将、催督钱粮使。

夏侯惇、夏侯渊、曹仁、曹洪等近臣中的近臣，各个晋升为将军，乐进、李典、徐晃等骁将皆叙为校尉，许褚、典韦举为都尉。

人才济济，曹操大军威震八方。

曹操出入常有铁甲精兵三百跟随，弓箭枪戟，刀光剑影。

相比之下，原来的老臣只剩下一个空头衔，虽被称为大臣、元老，却有名无实。且，这些老臣如今也完全慑服于曹操的威望，惯于一切政务都先禀告曹操，再奏明天子。

“啊，除掉一个，又来一个。汉家气数已是日落西山了吗?”

叹息者，不敢说出声来，只能任由无奈呆滞的瞳孔流泪，像木头人一样伫立在献帝身旁。

军师、谋士，还有铮铮铁骨的将领们，聚会痛饮。

正中间坐着曹操，气宇轩昂，畅谈天下，偶尔说到刘备。

“不知何时，他也当上了徐州太守，听说，他把吕布安置在小沛。吕布的骁勇，刘备的器量，二者联手的话，堪为将来之忧。有何防患良策?”

曹操话音刚落，许褚应声道：“这有何难?给我精兵五万，定将二人首级提来。”

只听有人笑道：“哈哈哈……又不是酒坛子……”

此人乃是荀彧。一边端起酒来往笑口里送，一边用谋士的细眼斜视着许褚。

二

许褚被荀彧嗤笑得沉默不语。他也自知在智者眼里，他只不过粗人一个。

“我的计策不行吗?”

“你说的，根本算不上计策，只是有勇气罢了。对刘备、吕布这等敌人，如此欠缺考虑是极其危险的。”

曹操扭过脸来，“荀彧，那依你之见，该当如何呢？”

“良策并非没有，”荀彧挺了挺身子，“眼下这段时间，我主张不战。因为迁都以来，宫门等才初形成模样。且，莫大的建筑和军备设施等，消耗了许多。”

“嗯……接着说。”

“所以，对付刘备、吕布，应多用外交手腕，引二人自相残杀，方为上策。”

“和我想法一样。那假意与他们结交了？”

“如此老套手段，恐怕反而会被刘备利用。在下考虑的是二虎竞食之计。”

“何谓二虎竞食之计？”

“假设此地有两只猛虎，各自呼啸山月，等待风云。二虎都已饥饿难耐。这时，若从别处投以美食，二虎必争，暴露出本性来，互相撕咬。虽说必有一胜一负，但二者皆已遍体鳞伤。此时再扒二虎之皮，岂非易如反掌。”

“嗯，此计甚好。”

“现在虽说刘备占领了徐州，但尚未正式得到敕诏承认。我们可以此为饵，下诏给他，并附密旨，命其杀了吕布。”

“啊，所言极是。”

“如果能借刘备之手杀了吕布，那么就相当于他用自己的一只手砍掉了另一只手。而万一失败，情况变得棘手，也会激怒吕布，那时刘备的性命就堪忧了。”

“嗯!”曹操只重重地点了一下头，此后不再谈及此事。

其实，曹操早已拿定了主意。数日后，他请得皇帝敕诏，派敕使前往徐州。不难想象，那个使者一并带上了曹操的密信。

刘备把来使迎进徐州城，跪拜接诏后，便把使者请进别室，自己则静静地回到平常议事楼阁。

“会是什么事呢?”

刘备迅速打开从使者手里接过的曹操密信。

“将吕布……”

他目瞪口呆，反复看了好几遍，站在身后的张飞、关羽二人问道：“曹操在信上说什么了?”

“唉，你们看看吧。”

“杀吕布的密令啊。”

“是啊。”

“吕布原本就是个凶勇无义之徒，趁曹操受益的好时机，杀了他岂不很好?”

“不。他只是无依无靠而投我怀的穷鸟。杀了他，犹如绞杀家禽。那我刘备才会被说成不义之人。”

“可是，留着不义之人，必有后患啊。殃及国本，谁来负责呢？”

“为使他逐渐成为有义之人，须以温情引导。”

“江山易改本性难移，他能那么容易变成好人吗？”

张飞始终主张讨伐吕布，但刘备却无听从之意。

翌日，吕布从小沛入徐州城来。

三

看起来吕布并不知情。

吕布只是听闻刘备接到圣旨，正式拜印领徐州牧，特来祝贺。

他闲谈片刻，便告辞，经过长廊，悠然退出。

“且慢！”等在暗处的张飞，此时跳出来，“吕布，拿命来！”

说时迟那时快，张飞拔出大剑，一剑劈来，似要将吕布劈为两半。

“啊！”

吕布双脚在砖块铺就的长廊地面上“噌”地一蹬，身手果然了得，近七尺的高大身躯便轻盈地跳到了后面。

“你小子就是张飞咯。”

“一见便知。”

“为何杀我？”

“除掉世间祸害。”

“我怎么就成了世间祸害？”

“你无义无节，反复无常，也就有半吊子武力。终不利于国家。曹操已托我哥哥杀了你。即使没这档子事，你那傲慢不逊的样儿，平日里我张飞看着就不爽。看剑！”

“开什么玩笑。就凭你也能取我首级？”

“不死心的家伙。”

“且住，张飞！”

“接招！”

大剑再次划过空中，呼啸而鸣，却没劈中。

有人从身后按住张飞手臂，将他抱住。

“嗯？谁？别拦着我！”

“你个蠢货，还不快住手？”

“啊？是大哥呀。”

刘备厉声斥道：“谁让你杀吕公的？吕兄可是我的座上客。你对他无礼，也就是对我不敬。”

“唉！根性如此恶劣的食客，哥哥为何害怕，如此珍重，我想不明白！”

“住口！休得无礼！”

“对谁无礼了？”

“对吕公无礼了！”

“唉……”

张飞侧脸向一旁吐了口唾沫。但他没有忘记，面对刘备，他是弟弟、部下。看见大哥一直在瞪他，只得作罢，满腔不平愤然离去，脚步嚓嚓有声。

“请原谅我三弟……他太不懂事了，简直像个孩子。”刘备一边为张飞的胡闹道歉，一边再次把吕布让进自己房间，“方才张飞所言曹操密令我杀你是真，但我并无此意，对你多说也无益，遂没有告知，既然你已听说此事，我也就说个明白吧。”

刘备把曹操送来的密信拿给吕布看，解开疑团。

吕布看上去好像感受到了他的诚意，“明白了。看来，曹操是想离间你我。”

“正是啊。”

“请相信我吕布，我敢对天发誓，绝对不负刘兄。”

吕布反倒感激而退。曹操的使者暗中观察，见状后无不叫苦，“失败啦。如此一来，二虎竞食之计也就毫无意义了。”

第6章

禁酒碎杯之约

张飞醉酒失徐州

一

张飞心中甚是不平。吕布回去时，刘备亲自送到城门外，张飞见了更是火冒三丈，“客气也该有个度。大哥，即便做好人，若做过了头，那就成了典型的大傻瓜。”

刘备一回来，张飞就把刚才被斥责的话奉还给他。

“哦，是张飞啊。生什么气啊，没完没了的。”

“什么气？是啊，不值得我咬牙切齿、犯傻生气。”

“如照你主张，杀了吕布有何好处？”

“断绝后患。”

“那只是眼前的考虑。曹操意在吕布与我血拼，他好坐收渔翁之利。一山不容二虎——这等陈腐计策，你都看不出来吗？”

一旁的关羽拍手道："啊，大哥明察秋毫啊。"

张飞理屈词穷，无言以对。

刘备翌日又到敕使下榻的驿馆答谢，"关于吕布的密令，此事急不得。等我寻得时机，自当图之。眼下权且……"他回信告知详细，与谢恩表一起托付给使者。

使者回许都，如实复命。

曹操叫来荀彧，"怎么样？真不愧是刘备，巧妙搪塞过去了，没有中你的计啊。"

"那么，请试试第二计。"

"计将安出？"

"向袁术处派出使者，如是说：刘备今日奏请天子，意欲攻取南阳。"

"嗯。"

"另一方面，遣敕使去刘备处，宣诏命曰：袁术对朝廷有违敕之科，命你早早出兵讨伐南阳。正直规矩的刘备，见是天子之命，不会违反的。"

"然后呢？"

"驱虎扑豹，使虎穴无守。觊觎空巢的狼又是何人？主公已经想到了吧。"

"吕布！确实如此，那人有狼性。"

"此乃驱虎吞狼之计。"

"此计甚好。"

"窃以为十之八九能成。因为此计抓住了刘备的性格弱点。”

“嗯……以天子之命行事，他就无回旋余地。尽可快快去办。”

一方使者急急赶往南阳。

与此同时，另一方敕使快马加鞭再次将敕命带到徐州城。刘备出城迎接，拜受诏书，随后与诸臣商议。

“这无非又是曹操的计策。绝不能中计。”糜竺谏言道。

刘备沉思，片刻后仰起脸，“不，就算中计，也不能违背敕命。即刻进军南阳！”

弱点乎？美德乎？

他果真被敌人看穿了，一个“敕”字，就让他乖乖就范。

二

刘备决意坚定。

糜竺等诸将都知道劝也没用，也就不再多说什么。

孙乾开口道：“主公定要奉旨出征南阳的话，首先要杜绝后患之忧吧。谁来留守徐州呢？”

“这个……”刘备也思虑起来。

关羽走上前来，自荐道：“我愿留下守徐州，定当杜绝后患之忧。”

“不不，你留下，我自然放心，但早晚议事及其他什么事，你都是我身边不可缺少之人啊……唉，命谁留守呢？”

刘备正沉思中，张飞突然一步凑过来，像往常一样痛快道：“大哥，好像这徐州城就没别人了，你还有什么好想的？不肖张飞也在此。我就留在这里死守。你就放心出征吧！”

“不行，交给你不放心。”

“为何？”

“你那性子，攻城倒是好，但守城就罢了。”

“没有的事？！你说我张飞哪里不好？”

“你生性好酒，醉了就乱打士卒，行事轻率。最要命的是醉酒之后不听人劝。把你留下来，我反而提心吊胆。这等重任还是交给别人吧。”

“啊呀呀，大哥。你的批评，我铭记于心，其实，平时我也在反省……对了，此时正是个好机会。趁此次出征，我张飞定当把酒戒了。今日就碎杯禁酒！”

张飞当着大家的面，举起平日爱用的白玉杯，扔向地面，摔得粉碎。

这只酒杯，是张飞在某个战场缴获的战利品。可能是敌军大将遗落的，像是用夜光名玉雕琢而成的马上杯。张飞觉得“此乃上天所赐，价值连城”，常常贴身携带，一有酒席，便取出来用，十分喜欢。

在不懂酒的人眼里，这白玉杯不过是一件器物，但对张飞而言，却是心肝宝贝。今日见他连这杯子都舍得摔了，还立誓戒酒。

刘备被张飞炽烈的决心打动了，最终准他道："说得好！既然你知错就改，我玄德又有何患。守城任务，就托付给你啦！"

"谢大哥！今后定当戒酒，怜惜士卒，听从劝诫，再不粗暴。"容易动情的张飞谢刘备恩，由衷答道。

糜竺冷嘲道："话虽这么说，但张飞嗜酒如命，他喝酒就像人有两只耳朵，与生俱来，打小就喝。交给他，还是有点危险啊。"

张飞被激得火冒三丈，"说什么呢?！俺何时失信于俺家大哥?"说着就要吵起架来。

刘备劝慰他，叮嘱他留守军中凡事要忍，又让陈登做军师，留话道："万事多和陈登商量着办。"不久，便率三万余骑，攻南阳去了。

三

在河南之地南阳，袁术势力日盛。这里黄巾贼大乱蜂起时，曾当过讨贼军司令的袁绍，就是他的哥哥。在名门袁氏一族中，袁术最为豪放粗犷，在门阀各族里也令人生畏。

“许都的曹操派急使前来。”

“书信吗?”

“是。”

“好生犒劳使者。”

“是!”

“把来书拿这儿来。”

袁术展信阅之。

“侍者?”

“在。”

“即刻传令诸将，到城中紫水阁。”

袁术气色大变。

城内文臣武将，不知发生了何事，仓皇来到阁中集合。

袁术让一名侍者宣读曹操的来信。

> 刘备上奏天子，欲遂多年野心，请准奏进攻南阳。你与我，乃多年交心之友，如何能默视?故密信告急，乞勿大意。

“诸位都听到了吗?”接着，袁术提高声音，面红耳赤，骂道:“刘备何许人也?!几年前就是个织席贩履的匹夫。先前擅自领了徐州，僭称徐州牧，竟与诸侯同列，真是荒谬至极。如今，他又自不量力，企图攻我南阳。为天下戒，立即出兵，踏平刘备。”

号令一下，十万兵马当日出南阳之地，“向徐州，冲啊！”

大将是纪灵将军。

另一方面，刘备大军也赶路南下，两军在临淮郡的盱眙发生了冲突。

纪灵，山东人氏，力大超群，善使三尖大刀，颇有勇名。

“匹夫刘备，为何侵我南阳?！无自知之明吗?！”纪灵出阵前呼道。

“我有敕命，尔等甘愿落得个逆贼之名吗?！”刘备也阵前回道。

纪灵手下有一叫荀正的部将，驱马跃出，“刘备首级，我来取！”

横里冲出关羽，挥舞八十二斤青龙刀来挡，“哼！胆敢近身我家主公，立马让你眼前一黑！”

“竖子，退下！”

“你不配与我家主公斗，来战我呀！”

“说什么?！”荀正上了关羽的钩，放走了刘备，而自己勇战猛斗汗流浃背，也未能伤关羽一根毫毛。

二骑打着打着打到了一条浅河中。关羽好像已经不耐烦了，一声狮吼，高举青龙刀，手起刀落，水溅血溅中，荀正被斩为两截。

荀正被斩杀，纪灵也被追击，南阳全军溃败而逃。退到淮阴一带，重整阵容。刘备也不轻敌，之后日日矢战，暂时无压进的态势。

四

话分两头。

留守在徐州的张飞打起精神，“你们，不可懈怠啊！”他日夜站在望楼，心念大哥玄德军旅之苦，自己也寝不解衣，不再贪睡。

“真不愧是张将军！”留守将士也无不叹服。他一举手一抬足皆严守军纪。

今日他像往常一样来巡视城内防垒。大家干得都很好。城中士卒部将也跟野营一样，睡地上，吃粗粮。

“好！好！”他在士卒中赞赏地走着。不过，这份感动和赞赏，如果只是用嘴说说，就像走一圈寒暄一下而已，没有什么实际表示，这让张飞有些过意不去。

“弓弦一直张着，便会松劲。偶尔松弛一下，反而用的时候绷得更紧更有劲。”

说着，他令士卒从封印的酒窖里担出一大坛子酒，放在大伙中间。

“来，喝吧！大家都辛苦了！这坛子酒是对诸位忠勤的褒奖。大家和和气气分着喝，今日每人都饮上一杯。”

“将军，这合适吗？”部将觉得奇怪，也是担心。

“行行行，我允许的。嗨，士兵们都过来喝酒啊。”

士兵们欢呼雀跃，聚拢过来。但见张飞望着大家有点发愣，士兵们心里有点不对劲，问道：“将军，您不喝吗？”

张飞摇头道：“我不喝。我已碎杯了。”说完，径直离去。

然而，他一到了自己的屯营，那里也有不休不眠的士卒，坚守着城墙。于是，他又下令：“也抬一坛酒到这里来。”

张飞一视同仁，想让彼处此处的士兵都能喝上酒。

酒窖当值的官吏道：“已经搬出十七坛了，不能再多了。”说完，封上了酒窖的门。

城中弥漫着酒香和士卒们的欢声，甚是热闹。走到哪里都是酒香扑鼻，张飞无处置身。

“一杯总可以吧？”终于经不住士卒的劝酒，伸手接杯，用舌头舔了舔，按捺不住了，“来来，用那勺子再给我舀一杯来！”咕咚咕咚，好像水流过干渴的喉咙，连续灌了两三杯。

“什么？酒窖小吏不让搬了？哼哼，岂有此理！就说是我张飞的命令，去拿酒来。如若他不听话，就压过去一小队人，占领酒窖！啊哈哈哈……”

喝光好几坛子酒，自己的肚子也成了酒坛子，张飞不停地道：“哇哈哈……啊呀痛快痛快，谁唱首勇壮的歌？你们唱的话，我也唱哈。”

听闻了酒窖小吏的报告，曹豹大惊，即刻赶来。一看这般丑态，哑然呆立。

“啊呀，曹豹啊？你也来一杯，如何？”张飞说着就给他舀酒。

曹豹拂袖道：“这……张将军已经忘了？那般豪言壮语立了誓约！”

“你啰嗦什么呢！来，先喝了这杯！”

“无药可救！”

“什么？什么无药可救?！你这个臭虫！”

张飞突然用酒勺朝曹豹脸上打过去，曹豹“啊”的一声大惊，这时，张飞又抬脚将他踢倒在地。

五

曹豹勃然大怒，“你！为何羞辱于我?！当众踢我，可真有本事啊！”说着爬起来，逼向张飞。

张飞对着那张脸，吐出彩虹般的酒气，“踢倒你不行吗？你是文官吧。文官竟敢对大将我不逊，这只是小小惩戒而已。”

“我说的可是友人的忠言……”

“你这种人不是我的友人。连酒都不让喝。”说着，张飞又挥起拳头，朝曹豹脸上打过去。

兵卒们看不下去了，上前又是抓张飞手臂，又是抱张飞的腰，试图阻止。

“唉，烦不烦?!”张飞身子一晃，兵卒全被甩了出去。

“哇哈哈哈……让他跑了！看啊，看啊，曹豹那家伙，抱着被俺揍的脸逃跑的熊样。啊，痛快，那家伙的脸肯定肿得跟酒桶似的，今夜要疼得一晚上叫唤了。”张飞乐得拍手。

张飞又要和士兵角力，但谁也不敢上前比试。“你们这些家伙，讨厌我不成?”说着展开一双大手，追捕逃散的士兵。看上去简直就是一幅鬼与孩子的游戏图。

另一头，曹豹抱着滚烫的脸，找了个地方躲起来。“哎哟……可恨啊！”脸上一隐隐作痛，他对张飞的恨就沁入骨髓。

“如何干呢?”忽然，他想到一个可怕的计策。他快速写好一封密信，让自己的手下带上，悄悄驰往小沛。

小沛不远，没多少路程。骑马的话不需一刻。

正巧吕布刚刚睡下。

这时，心腹陈宫已从曹豹手下听得事情的来龙去脉，拿过密信，走进来。

“将军，请起来……将军将军，天来吉报啦！”

“何人……困啊。别摇醒我！”

“现在不是睡觉的时候。是该跃起之时啊！”

“何事……陈宫啊？”

“来，请一读此信。”

“哪儿……”吕布总算起身，一看曹豹密信，写道：

现在徐州只有张飞一人留守，而这个张飞今日嗜酒大醉，城兵也个个烂醉如泥。请不待明日起兵，受此天赐之物。曹豹于城内开门呼应……

“天赐正在于此。请将军即刻准备。”陈宫催道。

“且慢，且慢。可疑啊。张飞视我吕布为眼中钉，没道理对我放松警惕啊。”

“还有什么可犹豫的。错过此等良机，乘风驾云的时机不会再来啊。”

“没问题吧？”

“这可不像平日的将军。张飞之勇确实要忌惮三分，但是他天生就是个酒鬼，这可是我方的可乘之机。如果将军不抓住如此良机，我也只好拂泪而去了啊。”

吕布也终于下定了决心。

赤兔马久违地再次载着披坚执锐的主人，月下扬尾奔走四五十里。

吕布身后是他养的八九百兵，或骑马或徒步，各自想着到手的猎物，争先恐后向徐州袭来。

六

"开门！开门！"吕布骑马立于城门下，大声喝道，"身在战场的刘使君有十万火急之事，差我驰来。按照义理，我也当与张将军谋划。开此城门！"说着叩击大门。

城门守兵从城楼上窥探，总觉得样子有点可疑，便应道："我等先禀告了张将军再开城门，请在此稍候。"五六个守兵进去禀告，却不见张飞身影。

就在此时，出乎意想地城内一些地方喊声响起。曹豹叛变了。

城门从内部打开。

"冲啊——"吕布之势如潮水涌来。

张飞后来又喝了不少，行至城郭西园已烂醉如泥，正巧此时月上柳梢头，月夜格外美，"啊，好美的月啊！"对着夜空自言自语，不知几何睡着了。

所以，望楼上、他的寝室，士兵都找遍了，也不见他的身影。

这时，张飞被喊声惊醒。戟剑铿锵，声音不绝于耳，张飞愕然起身。

"坏了！"他猛然向城内疾驰而去。但为时已晚。

城内陷入翻天覆地的混乱。绊脚的尸骸，一看，尽是城中守兵。

“可恶，定是吕布!”想到此，他飞身上马，提着丈八长矛，来到广场一看，追随曹豹的叛兵与吕布兵马里应外合，如魔风般席卷徐州。

“目中无人!”张飞浴血奋战，但毕竟酒劲还没过去。只见地上的兵在天上，空中的月有三四个。

何况，难以集合全军。城兵已溃不成军。比起战死的人，战死前就举手投降的人更多。

“将军，快逃吧!”

“暂且逃离此地……”来到张飞身边的十八骑部将，硬是把张飞从混乱中拉了出来，突破东门一个口子，向城外逃去。

“这是要去哪儿？你们要带我上哪儿去呀？”张飞喊道。

看样子还未醒酒，感觉好像在做梦。

这时，后面有一将带着百余骑人马追来。“啊呀，胆小鬼张飞，别跑啊！回来!”

原来是曹豹为报前恨，挑选本领高的精兵追赶而来。

“说什么?!”张飞一折返，如秋风扫落叶般横扫百余骑，将要逃的曹豹斩为两截。

血喷七尺，黑雾蔽月。张飞满身大汗，一斗酒也似乎发了出去，松了口气看看自己，“啊!”脸突然哭丧起来。

第7章

母·妻·友

吕布软禁刘备家眷

一

吕布终于露出爪牙，兽性大发咬了主人的手。

不过，他本非老谋深算之人，没有那么阴险，只是兽性大发而已，单纯至极，发作之后就没事了，甚至会暗自受到小小的良心谴责。

吕布占领徐州城后，当天于城门和街口等人来人往处张榜，表明自己的心迹。

布告

> 吾久蒙玄德恩遇。今虽如此，却非忘恩无情之举，乃是镇压城中私斗、追捕叛徒、除祸根耳。望军民速归平日之务，在吾治下安居乐业。

吕布还亲临城中后室，告诫士兵“不许虐待被俘的妇孺”。

后室住着刘备一家老小。吕布原想，除了使唤的丫头婆子，那些主子们大概都已逃离，但他意外发现，在庭院深处一个暗室，刘备的家眷挤作一团。

“哦……你们是刘玄德的家眷吧？”

吕布当即察觉到：那位气质高贵的应是玄德老母，站在一旁的年轻美妇人应是玄德夫人，她手牵着的幼儿当是玄德的孩子了。

“……”老母不语。

夫人眼神呆滞，却见晶莹的泪珠流过她的脸庞。她像一只受惊的小鹿，不知发生了什么，无言中，她那苍白的脸、发梢和嘴角都在微微颤抖着。

“哈哈哈……”吕布突然大笑。

故意笑给在场的人看。

“夫人、刘母，你们大可放心。我非那种连妇孺都要杀的无慈悲心的大恶人……不过，抛弃主公家眷自个儿逃命去的不忠奴才，确实可恶。他们有何面目再见玄德！看他们那狼狈样，真叫人鄙视。”

吕布傲然唠叨起来，又唤来部将，吩咐道：“派士卒百人保护玄德老母和妻儿，传令下去，任何人不得入内，护卫人等不得无礼，给我好生照看，不得有任何闪失。”

吕布交代完毕，再看刘备老母和夫人，觉得她们应该放心了吧。

然而，刘备老母和夫人面如石玉，毫无血色，毫无表情，只是泪流不止。且好像不会说话了一般，嘴唇紧闭。

“放心吧，这总该放心了吧。”吕布卖好道。但夫人和老母还是不领情，一点欢喜和感谢的意思都没有，反而目光像是带着仇恨，透过泪水，像针一样直射吕布脸上。

“啊，还有事要忙，那我先告辞了。喂，守卫，一定给我保护好了。”吕布自欺欺人地留下了这句话就走了。

二

话说刘备不知徐州留守发生异变，仍在追击敌将纪灵。是日，向淮阴河畔下寨。

黄昏时分，关羽率部下在前线阵地巡视了一圈回来。

途中，哨兵发现原野尽头有动静，变得骚动起来，“是敌军吗？”再观察，日薄西山的旷野尽头，果然有一彪人马，背负夕阳，步履沉重地正向这边走来。

关羽也怀疑是敌军，向远方张望着。

这时，跑去打探的士兵来报：“是张将军！张飞将军和十八骑自己人来啦。”

“什么？……张飞来啦？”关羽越发奇怪。三弟此时应该留守徐州才是，怎么跑来了……必定出事了。

“发生什么事了？”关羽阴沉着脸等着。

不一会儿，张飞和十八骑来到近前，下马，一副落魄武士的样子。

关羽见张飞这般模样，心里顿生一种不祥的预感。此时的张飞跟平常判若两人，无精打采，像个霜打的茄子。那个豪放磊落的汉子，蔫了，耷拉着脑袋站在自己面前。

“三弟，怎么了？”关羽拍着张飞的肩膀道。

“难以启齿啊，我没脸活着见两位哥哥啦……总之，我是负荆请罪来了。还请二哥转告大哥吧。”张飞有气无力道。

关羽先陪张飞来到刘备帐中。“嗯？张飞怎么来了？”刘备目光惊异地迎他入帐。

“愧对大哥啊！”张飞像只瘫软的蜘蛛一样拜伏于地，报告徐州被夺始末，头也不抬。深深自责中，将自己破了禁酒誓约、大醉酿祸的事，一五一十讲了出来。

“……”刘备默然无语，过了一会儿道，“事已如此，你也不要自责了。但家母如何啦？我的妻儿都没事吧？只要人安好就好，至于丢失的城池，只要有武运，还会有复得的时候。”

“……”

“张飞，为何不答？”

“呃……”声音小得跟蚊子似的，一点不像张飞。他抽泣道：“愧死我也不足惜！我因大醉，最后……没来得及跑到后室把他们救出城外。”

关羽一听，顿足大急，喝道：“这么说，你把大哥母亲和妻儿都扔给了吕布，却自己一个人逃了出来？”

“啊，我真是没用！没脸乞求大哥、二哥原谅！”张飞哭喊着，用拳头一下一下捶打自己的脑袋，仍不够解恨，突然掣剑欲自刎。

三

见张飞拔剑要抹脖子，刘备大惊，叫道：“关羽，拦住他！”

关羽一把夺下张飞手中的剑，叱道：“干什么！胡闹！”

张飞恸哭道：“给我留点武士的尊严吧，用这把剑把我的头颅砍下来吧。我还有何面目存活于世？”

刘备走到张飞身边，用安慰病人的口吻道：“张飞啊，冷静一下，不要总说这样的话。”

话语温和，让张飞更是无地自容，还不如狠狠笞打他呢。

刘备屈膝抓住他的手，用力一握，“古人云：‘兄弟如手足，妻子如衣服。衣服破，尚可缝；手足断，安可续？’你忘了吗？我们三人桃园结义，兄弟举杯，不求同生，但愿同死，我们可是立过誓的生死兄弟啊！”

“啊……啊……”张飞失声大哭，点了点头。

“我们兄弟三人，来自天南地北。各有所长，各有所短，正是我们亲如手足，取长补短，方成大事。你不是神仙，我刘备也只是个凡夫俗子。我们何能如神一样求得万全呢？城池被吕布夺去也罢了。家眷虽陷，吕布必不谋害，他不至于残酷到杀害我手无缚鸡之力的老母和妻儿。与其在此徒叹，不如和我刘备共谋计策，助我一臂之力吧……张飞，明白了？”

“是……是……”张飞两手撑地，眼泪扑簌簌顺着鼻梁滚落下来。

是夜，张飞独自一人来到淮阴河边，仰望明月，好像还没有哭够。

听了刘备的一番话，关羽也流下泪来。其他诸将也不禁感动。

“愚蠢！愚蠢！……我就是蠢货一个！自刎真乃愚蠢至极！一死百了，想得美！好，我发誓活下去。为大哥玄德粉身碎骨，才能赎今日之罪，雪今日之耻！”

张飞不觉大声自语起来。河边战马莫名其妙地望着他的脸。

战马在月下玩耍，或水里嬉戏，或咀嚼青草，看上去好像在为明天养精蓄锐。

这一夜，没有战事。

次日也没有正儿八经的战事。前线，敌不动，我不动。对阵数日，也就偶尔放个箭而已。

却说袁术早早腾出手来，向徐州吕布展开外交攻势。

“若足下助我南阳军夹攻刘备，战后我赠你米五万石、马五百匹、金银一万两、彩缎一千匹。”袁术用此诱饵拉拢吕布。

四

吕布欣然响应袁术提出的密约，立即拨兵三万给部下高顺，命其袭刘备之后。

扎营在盱眙的刘备，早已得到这一情报，与幕僚商议，“如何是好？”

关羽、张飞异口同声，“就算前后受敌，立于不利之地，那又怎样？纪灵、高顺之徒，何惧之有？”二人俱是一副悲壮之志，乾坤一掷，要与之决战。

可刘备主张要自重，说道：“此乃紧要关头，深思熟虑才好。上次出战，诸事不顺。时运趋于低谷。现在想想，我刘备时运不济，乃是逆势之象……顺势而为吧。硬要破船顶风破浪，乃是急于自取灭亡之举。”

其他幕僚劝慰关羽、张飞："主公说得也有道理，况且主公无意一战，又奈何？"

最后议定：走为上策。

是夜大雨，淮阴河口大水涨高，纪灵军无法追击。趁着暴风雨，刘备拔寨而逃，投广陵而去。

高顺领三万兵赶来，已是翌日。一眼望去，草被暴风雨打伏，树木折断，河水暴涨，别说兵马的影子，寨址上连一坨马粪都没有。

"敌军但闻高顺兵至，皆落荒而逃，何等可笑！"

高顺快马加鞭来到纪灵寨中，与纪灵相见，"我等如约赶来助战，吓跑了刘备大军，也请信守承诺把作为条件的金银粮米、马匹绢布等交给我等。"

纪灵答道："呀，那是我家主公袁术与你家主公吕布之间缔结的条件吧，我尚不知情。就算有所耳闻，一下子也拿不出这许多财物呀。等我回去向主公袁术禀告。公且回军，等候答复吧。"

高顺听着也不无道理，于是即刻回军，如实向吕布复命。

然而，后来，袁术送来的书简却写道：

> 刘备今藏于广陵，速取其首级，换取前约之物。不付出代价，为何只知索求？

"好你个袁术，太无礼了。当老子是你臣下吗？明明是你先提出的条件，现在得寸进尺又要我直接取刘备首级，钓鱼似的，这算什么事儿！”

吕布愤怒不已，甚至扬言起兵伐之，问他失信欺骗之罪。

一如既往，这时出来劝慰吕布的又是陈宫。

“不要忘了，袁氏一门有袁绍这一大人物。袁绍姑且不说，即便袁术，盘踞寿春城，如今也是河南第一大势力。不如请刘备还屯小沛，使为我羽翼，等待时机。时机一到起兵，令刘备为先锋，先破袁术，再灭袁阀之首袁绍。如此，天下岂不有一半尽在你掌中啦。”

五

翌日，吕布遣使广陵（今江苏扬州）。

刘备弃盱眙逃走后，只与少数心腹一起藏身于广陵山寺。

虽说是乱世常态，但一步走错，其衰落得也未免太快了。“三日大将，一夜乞丐”，当时多少英雄和门阀诸侯印证了这句话，人生浮沉如梦，尤其在乱世。

刘备也没有置身于风云之外。此后不断受到袁氏一门的袭击，屡战屡败，厄运不断。没有粮食和钱财，兵卒纷纷盗取马匹武器，只道是“此时不走，更待何时”，临阵脱逃，也成了理所当然的事。这就是他们的乱世生活。

藏身于深山里一座废寺，刘备环顾身边，只剩关羽、张飞和其他十数名直臣、数十骑兵。

这时，吕布的使者来了。

“又要什么花样?!”关羽连问都不问，就断然反对。

张飞也阻止道：“大哥，不可去!”

刘备却劝慰他们，决定应吕布之邀。理由是：“他也知善，这是以好情待我，辱没他人美德，岂不是往人家良心上吐唾沫。在此黑暗浊世，人类之所以尚未堕落成禽兽，是因为人的天性里有一片良心未泯。所以，要尊重他人的良心和美德。”

张飞背地里咂嘴道：“大哥有点受孔子的毒害。武将和孔子，天职不同。关羽，你也不好。”

“怎么我也不好了?”

“一有空闲，你就钻进自己的喜好里，不是跟大哥谈学问，就是向大哥推荐书籍。也难怪，原本你就是童学草舍的先生嘛。”

“胡说！那要是只有武没有文，你觉得会成为什么样的人物?只能是你这样的匹夫!”关羽指着张飞的鼻子道。

张飞一下子被驳得哑口无言。

择日，刘备前往徐州之境。

吕布为解刘备之疑，先把他的老母家小送至半道，让他们相见。

刘备双臂拥抱老母和妻子，孩子围着，“谢天谢地，你们都安然无恙！”

夫人甘氏和糜氏告诉他，“吕布令兵把定宅门，时常送物，前来探望。”

不久，吕布亲自出迎刘备于城门，解释道：“我决无夺城之意，因城内起私斗，恐有失事，不能坐视不管，为防患于未然，暂时来守城而已。”

“其实，备欲让徐州与将军久矣，更应该说，此城适得其主，我高兴都来不及呢。还请将军兴政爱民。”

吕布口是心非再三推辞，而刘备为满足吕布的野心，身退，还屯小沛去了。他还常常安慰左右愤愤不平者，道：“屈身守分，以待天时。蛟龙潜渊，是为腾空。”

第 8 章
大江之鱼
孙策用玉玺向袁术借兵

一

大河是大陆的动脉。孕育中国大陆的两条大动脉，一是北方的黄河，一是南方的长江。

东吴沿大江流域，被称为“江东之地”。

孙策，长沙太守孙坚之子，生于斯，长于斯，如今也长成了二十一岁的好男儿。

“他胜过其父。所谓江东麒麟儿，就是指他吧。”

民间也好，父亲的旧臣也罢，对他寄予厚望的大有人在。想当年，他葬父于曲阿，率残军回江东，年仅十七岁。以后，他招贤练兵，韬光养晦，力图再兴祖宗大业。但时运不济，终究没有守住长沙之地。

“时机一到就来接你们，权且隐居乡间。”他把老母家小托付于曲阿亲戚，从十七岁起，四处漂泊。

孙策胸怀大志，看似漂泊，实则了解各地人情、地理、军备等。他是在遍历人生，饱尝所谓武者修行的辛酸。

大约两年前，他止步淮南，投寿春城袁术，成为其门下食客。

袁术与其亡父孙坚不仅有交情，且孙坚与刘表交战，是受了袁术的唆使，在曲阿之地阵亡，和袁术不无关系。袁术怜悯孙策，特地挽留，视若己出。

其间，孙策出战泾县，立下大功，后讨伐庐江陆康，又是战绩赫赫。平日，他爱读书，举止文静，礼贤下士，人人称赞他乃“大江之鱼”，备受瞩目。

这一年，孙策二十一岁，一有闲暇，便习练武艺，狩猎山野，锻炼身心。一日，他只带了几名随从，到伏牛山狩猎。日暮时分，他坐在半山腰的岩石上歇息，眺望着壮观的落日红霞，只道：“啊，疲了。”

从袁术的州府寿春城到淮南一带的村镇，尽收眼底。其中，一水蜿蜒流过，那便是淮河之水。

淮河狭窄，比不过大江大水。但望着这河水，孙策的思绪立即驰骋到了江东，“啊，总有一天，我会乘着大江之水，一展宏图！”

“曲阿的母亲……”他陷入深深的思念之中，独自叹息道，“何时，我才能有颜面给父亲扫墓呢？”

忽然一人从树荫下“沙沙沙”地走过来，道：“公子，为何如此叹息？你可是当今有为青年。面前的这轮落日，明天还会升起来！”

孙策一惊，视之，乃朱治，字君理，父亲的旧臣。

“哦，君理呀。今天又过去了一日。狩猎山野，能成何事……我如此空度日，觉得对不起天地啊。我没有一天不觉得心中有愧，但也没有为思乡之情所困，像个女儿家似的哭哭啼啼。”孙策一本正经地说道。

二

君理听了孙策的肺腑之言，也不无叹息：“唉，还是不甘心吧。少年岁月匆匆，苦闷叹息也是自然的。”

“君理……我心中的苦闷，你理解吧。”

“素日就察觉到了。我也是江东男儿呀。”

“丢失祖先之地，沦为他国异客，二十一大好年华，却在山野里追逐鸟兽，虚度光阴……啊，一想到这里，就不堪忍受今日之境遇。”

“公子，既然想到了，为何不能像个大丈夫，毅然继承尊父大业？”

“可是，我只是一介食客。袁术再怎么宠爱我，也只让我拿狩猎之弓，不会让我持有兴大事的兵马弓箭。”

“所以更不可自甘堕落，娇惯、宠爱、锦衣玉食、奢侈生活，皆是腐蚀你青春的大敌。”

“不过，袁术的情分也不可忘怀。”

“如此优柔寡断，若自己不弃之，将终生碌碌无为。看看这世上变化莫测的风云，生逢此时，却一再冥顽不灵，能成何事?!”

“是啊，我也痛感于此。君理，我如何才能摆脱现在的温床呢，如何成为与苦难斗争的时代之子?”

“你有位时运不济的舅舅吧?呃……就是曾经的丹阳太守。”

“嗯，你是说我的娘舅吴景吧。”

“正是。听闻吴景现在丢失了丹阳之地，正在落难中。你可以假名救吴景，向袁术告假，同时借兵。”

“此计甚好!”孙策眼睛大睁，抬头望着落日余晖里的群鸟飞过上空，陷入沉思。

有一个人，适才就站在树荫下，一直侧耳倾听二人的对话。二人话音刚落，他便走了出来，唐突道:“呦，江东的麒麟儿，有何犹豫?起来继承父志吧。在下虽不才，愿率部下兵卒百余人，第一个助你一臂之力。”

二人惊道:“何人?”定睛一看，乃袁术谋士，任此地郡史，姓吕，名范，字子横。

子横才能出众，孙策家臣中也有部分人很欣赏他。今日得此人相助，孙策大喜，道:“又得一知己啊!”

子横看着孙策，立誓道:“君若渡过大江……”

孙策对着子横目光如炬的眼眸，答道:“渡江!渡江！大江之水，逆流而上，乘风破浪，千里江水……大好年华，岂能困于人下，与池塘里养的蛙鱼泥贝为伍，贪图安逸！”

孙策大叫，忽然起身，向天抡起一只拳头。

子横压了压意气，“但是，孙策公子，我猜测，袁术定不会借兵。无论你怎么求，唯独兵马，他不会借与你。如何是好？”

“不必担心。既然下定了决心，做好了思想准备，我孙策自有办法。”从这句话可以看出，刚过弱冠之年的孙策将来必成大器。

三

“如何向袁术借得兵马？”子横、君理二人难以揣测孙策内心想法，问道。

孙策露出自信的微笑，道：“只要把袁术平日里觊觎之物以为质当，必能借得兵马。”

袁术觊觎之物？二人歪着脑袋不明所指，于是又问了一遍。

孙策抱紧自己，好似要护住身体里的什么东西，一字一顿说道：“传国玉玺！”

“啊？你说玉玺？”二人一脸狐疑。

所谓玉玺，乃天子之印，是继承大统不可少的传国之宝。当今玉玺，于洛阳大乱时，不幸丢失。

“啊，那……传国玉玺，如今在公子你手里？”子横低声问道。

世间传说，洛阳大乱时，孙策之父孙坚于禁门内一古井里发现了玉玺，暗自带着逃回了江东。这是当时尽人皆知的事。子横突然想起这个传闻来。

孙策看了看二人，“嗯，在这里。”再次捂住自己的胸口，“这是家父留给我的，常常贴身携带，但好像不知何时袁术知道了，一直对这玉玺垂涎三尺。原本他就自不量力，有称帝之野心，故而早就想将玉玺据为己有。”

“原来如此，那就懂了。难怪袁术视你如己出，疼爱有加。”

“明知他的野心，却装作不知，才平安活到今天，得到袁术的庇护。也可以说，多亏有玉玺的庇佑。”

“不过，如此珍贵玉玺，真要拱手让与袁术吗？公子下定决心了吗？”

“再珍贵之物，我孙策也不会把大志寄于一个小物件上。我的大志在天地间。”

孙策有如此气概，令二人敬仰心服。是日，三人最终敲定了盟约。

过了几日，孙策来到寿春城内，向袁术倾诉道：“不知不觉已蒙恩三年。此恩未报，又提请求，实在难以启齿。但适才，家乡来的友人带话说，母舅吴景为扬州刺史刘瑶所逼，无安身之地。策老母家小，皆在曲阿，必将受害……”孙策低着头，声泪俱下，“祖宗庇佑，我也二十一了，却还没有给亡父扫过墓，日日安闲，可惜了大把光阴，于心不安。策敢借兵数千，渡江救难省亲，至少见老母家小平安无事便带兵回军。”

孙策语毕，恭恭敬敬地将放有传国玉玺的小匣子，呈到默然沉思中的袁术眼前。

话说眼睛是心灵的窗户。一看见玉玺，袁术的脸色顿时绯红，掩饰不住的欣喜和野心之欲火，透过他的眸子，赫然闪耀。

四

“我以此玉玺为质当，权留您手中，所拜托之事，能否考虑？”

“什么？将玉玺暂存我手里？”听孙策有此意，袁术迫不及待痛快应允，“好啊，好啊！我借你兵三千、马五百匹吧……你无官爵职权，号令兵马，威严不达……”

袁术多年的野心得到满足，所以肯授孙策校尉之职，且封“殄寇将军”称号，武器马具等全都给整备齐了。

孙策蓄势待发，择日起兵。随从中除了君理、子横，还有程普、黄盖、韩当等可靠旧将。孙策四处流浪时，他们也不离不弃，从父亲一代追随至今。

行至历阳（位于今江西省内），便看见彼方有一年轻武将，迎面而来，那人下马喊道："喂，孙策！"

视之，此年轻人风流倜傥、面如美玉，年纪和孙策相仿。"啊，周郎吧。怎么到这里来了？"旧人重逢，孙策也下马，握住他的手。

此人乃周瑜也，庐江（位于今安徽省内）人氏，字公瑾，是孙策少时竹马之友。

"听闻你的快举，急忙赶来，共图大事。"

"出门靠朋友啊。来得正好，请助我一臂之力！"

"我愿施犬马之力。"

二人并驾齐驱，且行且聊，亲密无间。

"兄欲济大事，可知江东二贤乎？"

听周瑜这么说，孙坚问道："江东二贤是？"

"隐居山野的两位贤人。一人叫张昭，一人叫张纮。所以也被称为江东二张。"

"有如此人物？"

"兄可招此二贤为幕僚。张昭饱览群书，上知天文，下知地理。张纮才智纵横，经韬纬略，谈论学问，江东江南百家，无出其右。"

"如何招得此等贤才？"

"以权力相招，不可，以财物相送，亦不为所动。有道是精诚所至，金石为开。君不妨亲自前往，以礼相待，毕恭毕敬，诉以衷情和抱负，或许能有效。”

孙策大喜，不久行至地方，亲往张昭所在的乡下，登门拜访他的隐栖闲居。

孙策的诚意，终于打动了张昭。“我尚年轻，敬请呵斥，以报父仇。”这句话说动了绝不轻易出山的隐士张昭。

而后，孙策以张昭和周瑜为使者，又说服了另一位贤才张纮。

孙策阵营如愿得到二贤，成为左右羽翼。张昭拜为长史、中郎将，张纮封为参谋、正义校尉，全军仪容日渐齐整。

孙策要战的第一个敌人，便是害苦他母舅的扬州刺史刘繇。

刘繇乃长江边的名门贵族，汉室宗族一脉。兖州刺史刘岱正是他的兄长，太尉刘宠是他的伯父。如今，刘繇屯于临江的寿春（今安徽省六安市），其部下里多是骁将。以他为正面之敌，孙策的大业可谓难哉。

第 9 章
神亭庙
湖贼入伙孙策上神亭庙

一

牛渚（今安徽马鞍山市采石镇）面朝长江，背靠山岳，乃要害之地，有长江铁门之称。

“孙坚之子孙策，南下攻来！”

闻孙策兵至，刘繇当下聚众将商议，即刻向牛渚送去兵粮十万，同时，拨大军给大将张英，令其防备。

这时，帐下末席的太史慈主动请缨：“某愿为前部先锋。虽不才，但必当破敌。”

但刘繇只瞥了他一眼，道：“你尚年轻，还不够资格。”一语呵退了他。

太史慈赧颜沉默。他才刚过三十岁，在刘繇身边从事年头尚浅，只能算个新人。在众目睽睽下，他有些难堪。

张英据守牛渚要塞，蓄兵粮于邸阁，悠然等着孙策大军。

在此之前，孙策整备兵船数十艘，泛出长江，舳舻相连，溯江而来

“嗨，牛渚到啦。”

“敌人戒备够森严哪。”

“那怕什么！一齐袭向对岸！”

以孙策为首，子横、周瑜等诸将站在各自的船楼上，开始指挥作战。

对岸飞来的箭矢遮天蔽日。

白浪击打船舷，喊声逼向岸边。

“随我上！”孙策当先，早已跳上陆地，杀入敌军。

“勿伤了公子！”其他船上的将兵也纷纷跳下，马匹也送上了岸。

跨过同伴的尸骸，占据一尺之地，再踩过尸骸，占领一丈之地……就这样，最终全军登岸。

两军交战，杀敌最勇的当属孙策军中的黄盖。

他看见了敌将张英，便策马杀过去。

张英也是一位豪杰，大叫力战，却不敌黄盖，急忙回马逃入自家阵中。大将败走，全军溃不成军。

但逃至牛渚要塞一看，城门内部和兵粮库方向，黑烟滚滚。

“呀，发生了何事？”张英正惊慌失措，有士兵逃出

城来，浓烟中大喊：“有叛徒！”“有人放火！”

大火已经高过城墙。

张英率领残余士兵，只得败走山岳。回头望去，孙策大军乘势掩杀，快马加鞭追过来。

“到底是何人叛变？孙策的手是何时伸进我方内部的？”

张英逃进了深山，集合残兵败将，略作休息。就在这个空当，他像着了魔似的，开始反省战败的原因。

二

孙策大军大获全胜，不过，对孙策而言，这个胜利来得有点突然，在他的意料之外。

“在城中放火为我军做内应的，究竟是何人？”

孙策正纳闷，只见前方山道上出现一彪人马，有三百来人，钲鼓大震，旗帜高举，“喂——不要放箭！我们是孙将军的人，不是敌人，千万不要误会！”一路呼喊着，下山而来。

须臾，从中走出两位大将模样的人物，道：“让我们见孙将军！”

孙策上前视之，一人面如黑漆，鼻梁高大，虬髯发黄，一颗尖锐的犬牙咬着厚大嘴唇，看上去是个勇猛的汉子。

另一人目光炯炯，眉毛浓密，个头高大，四肢修长，看上去也是条硬汉。

二人在孙策面前有些愣头愣脑，不知礼节。

“啊，你就是孙将军?”一句粗话，野人风貌毕露。

“你们究竟是何人?”孙策问道。

大鼻子黑面汉先答道：“我二人乃九江浔阳湖上的湖贼头领，我叫蒋钦，字公奕。这个家伙是我的弟弟，叫周泰，字幼平。”

“哦，湖贼?”

“我们在湖上以船为家，劫掠扬子江上过往船只，穿梭于江湖之间，以此为生。”

“可我们志不同道不合啊，我们可是良民的军队，祸害良民的贼子就是我们的敌人。你们这大白天的公然出现在我面前，是何用意?”

“其实，这次听闻阁下来此地方，我和弟弟幼平商议，我们不能当一辈子的湖贼，且孙坚将军之子也必是个英雄豪杰，会一举把我们灭了，不如就此洗手不干了，重新做人。”

“噢。”孙策苦笑，倒是喜欢他们的直爽。

“不过，我们总不能空手见孙策将军吧。多少我们得露一手，就当作见面礼，才会得到好的待遇吧。那干点什么呢，我们从前天晚上，潜伏在牛渚后山，待今日开战，趁城内将士倾巢出动，我们溜了进去，在城里放起了火，并把留守的将士杀个片甲不留……怎么样，大将军，能收下我们吗？”

“哈哈哈……”孙策拍手，回顾身边的周瑜和谋士二张，道：“如何？挺有意思的家伙，可有些地方有点过，让他们加入你们中间吧，要把他们训练成武士样。”

被许以追随大军，二人喜形于色，面向肃然整齐的诸将，一改粗野之风，作揖道：“嗨，那个什么，哦，以后有劳各位照应啦！”

大伙儿忍俊不禁，他俩却十分认真。后来，他们又是夺敌军粮草，又是召集附近小贼或流浪汉充军，使得孙策军很快发展为四千多人。

三

所谓的铜墙铁壁堡垒，只用了半日便被攻破。刘繇得知后愕然失色。

“牛渚全军覆灭了吗？还有剩余兵力吗？”

这时，张英带着败走的士兵一同逃回零陵城来。刘繇的愤怒有增无减。

“有何颜面苟且偷生回来？斩首示众！”

刘繇气得甚至要杀了败将，好在诸臣力劝，张英才捡回一条命。

但军心已动摇，故此零陵城不能再有失，刘繇亲到寨中，加强零陵城的防守，在神亭山南面设指挥部。

孙策四千余兵也已于前一天挺进神亭山北面。驻扎数日后，孙策叫来当地百姓的里长问道："早就听闻此山有汉光武帝庙，不知现在还有吗？"

"唉，灵庙还在，但因无人祭拜，早已变得荒芜了。"

"在山上吗？哪儿？"

"山顶往下，半山腰上，从那儿登上去，可俯看长江流域，一览江南江北。"

"明日带我上去看看。我想祭拜一下，扫扫庙堂，聊表一下心意。"

"小的明白了。"

里长回去后，张昭谏道："祭庙也可，但打完仗再去吧。"

"不，不知为何突然想祭拜，不去不行。"

"那又是为何呢？"

"昨日我做了个梦。"

"梦？"

"光武帝站在我的枕边，对我招了招手，就消失在神亭之巅，松籁飒飒，拖着虹光。"

"可是现在，山南面就是刘繇的大本营。途中倘有伏兵，奈何？"

"我有神明庇佑，应神明召见而前往祭拜，何惧焉！”

次日，由里长带路，孙策骑马向山道而去。

随从中有程普、黄盖、韩当、蒋钦、周泰等十三将，各个提枪横戟，向上登行。八方视野逐渐开阔，云里来，云里去，绵延不绝的大陆，千里长江流过，不见源头，亦不见尽头，只见蜿蜒悠长流动不息。

此外，长江沿岸星罗棋布的湖泊相连。黄土大陆的十分之一除了水还是水。而不知多少亿分之一，是犹如鸟粪一样零星散落的村落。一些村落集中起来就是城。

“哦，是这里吧。”

仰见灵庙，人人下马，清扫周边落叶，献上供品。

孙策上香，在庙前磕头，口里念念有词：“尊神啊，请保佑我继承亡父遗业。不日，平定江东之地，定当再兴灵庙，四时祭祀不怠。”

离开光武帝庙后，孙策没有沿路返回，而是要朝南下山。

诸将惊慌，提醒道：“将军，走错方向了。朝南面去，就到敌人大寨了。”

第 10 章
将遇良才
孙策酣战太史慈

一

“没错，就是这个方向。”孙策头也不回道。

随同诸将觉得不妙，又道：“我们的阵地，当从北面下山……”

“所以才要南下。既然都来到这儿了，空手而归岂非遗憾万千？不如顺便南下，越过对面山岭，刺探一下敌军动静再回。”孙策这才表明意图，就连豪胆武将们也都大吃一惊。

“啊？就凭我们这十三骑？”

“悄悄刺探，人少反而好。胆小怕危险的，大可回去。”

话已至此，自然无人再劝谏，也无人回去。

下山到溪边饮马，又绕过一个山头，便进入南方平原。

刘繇已经在此一带布下斥候。斥候见状立即奔回中军急报："好像是孙策大将，只带着十骑人马，就要到那座山了。"

"怎么可能！"刘繇不信。

又一个探子来报："正是孙策。"

"必是孙策的计谋。不可轻举妄动，上了他的诱敌之计。"刘繇更加疑心。

幕将低级别军官中，有位年轻的将校，从刚才听闻斥候接二连三的急报后，就按耐不住了，这时从诸将后面跳出，大声道："真乃天赐！岂能错过此等良机？请让我生擒孙策！"

刘繇看了一眼这位将校，道："太史慈，又口出狂言了！"

"不是狂言。若错此良机，袖手旁观，那还是不要上战场了。"

"去吧，你都这么说了。"

"多谢！"太史慈作揖施了一礼，随即亢声道："愿意去的跟我来！"说着一个人飞身上马，疾驰而去。

这时座中一小将站起来，"孙策真乃勇将，不能就这么错过。"牵出马来，也飞奔了过去。

满座尽皆大笑。

话说，孙策已窥得敌军的布阵，便掉转马头，道：

“回吧。”

就在这时，山脚下有人喊道：“休走！孙策哪里走！”

“何人？”孙策猛然回头，只见太史慈横枪跃马上来。

“孙策在否？”太史慈问道。

“孙策在这呢！”

“哦，你就是孙策？”

“正是！你是？”

“东莱太史慈就是我！特来此生擒你孙策！”

“哈哈哈，好事之徒！”

“跟在后面的十三骑，一齐上也无妨。孙策，看招！”

“啊！”

枪对枪，一骑对一骑，火星飞溅，战了五十余合，众人都看痴了，咽了口唾沫。打得正酣，太史慈故意拍马向森林跑去。孙策追了过去，对着太史慈后背，突然投了一枪。

二

投出的枪掠过太史慈身体，“咔”的一声插在泥地里。

太史慈打了个冷战，继续往林子里头策马飞奔，心想：“孙策这厮，早有耳闻，果然名不虚传。切不可大意，不然就危险啦……”

孙策从后面追赶而来，心里也在思忖，“真乃名禽！定要生擒他，养我笼中。如此身手不凡的年轻武将，为何为刘繇所用呢？”

于是，孙策故意羞辱他道：“喂——且慢！若是不惜名的杂兵也就罢了，但东莱太史慈可是大名鼎鼎啊，怎能狼狈逃窜，不知羞耻呢？回来吧！再不回来，将终生为天下人耻笑！”

太史慈没听见似的，仍然向前飞奔，不一会儿绕过山岭，来到后山脚下。他掉转马头，道：“啊，孙策，难为你追上来了哈。趁着这等精气神，咱俩干一仗吧。不过，你现在可还有勇气与我对阵？”

孙策驱马靠近，拔出大剑，道：“你只不过是逞口舌之能的匹夫，非真勇士也。别这么说着又逃了呀！”

“你这不也是在逞口舌之能吗？！”太史慈冷不防挺枪直指孙策眉间。

“啊！”孙策猛地把脸埋进马的鬃毛，长枪“嗖”的一声擦过头盔，“你个浑蛋！”

骑马作战，即使能稳操缰绳，要想绕到敌人身后贴近敌人，也绝非易事。

但太史慈是个少见的骑马作战的高手。只要他想，就能跃马转圈，绕到敌人背后攻击。就像水波上的一只小舟围剿着另一只小舟。且，他不仅臂力过人，驱马掉转也虚虚实实。二人打得难解难分，战了百余合，大汗淋漓，气喘吁吁，也分不出胜负来。

二人喊声阵阵，在林中回荡，百兽也为之胆寒，都躲藏起来，片片树叶纷纷掉落。孙策越战越勇，太史慈也越发精悍。

他们无论哪一个都是年轻体壮，此时孙策二十一岁，太史慈三十，真是棋逢对手，将遇良才，犹如命中注定的邂逅。

“看样得贴身缠斗！”

孙策这么想时，太史慈也在暗忖，着急分出胜负。

“时间太长，孙策的十三骑将士追过来，可就麻烦啦。”

“咯噔”一声，二人的脚镫相撞，看上去二人想到一块去了。

“喝！”孙策抓住突刺过来的枪柄，也给太史慈来个突然一剑，要把他劈为两半，但剑柄显然成了对方的把柄，被太史慈抓个正着。二人互相牵制，一拉一拽，从马背上滚落了下来。

一身轻的战马，飞奔而去，转眼不知了去向。

孙策和太史慈扭打成了一团，正难解难分时，孙策得了个势，趁机拔下了太史慈后背的一把短剑，正要刺下去，“休想！”太史慈也一把抓住了孙策不放。

三

“太史慈在那边正和孙策一人打着呢，始终不见分出胜负来。若能马上支援，定能生擒孙策。”一骑飞来，向刘繇急报。

刘繇立即拨出千余骑，浩浩荡荡驰骋而去。

金鼓震地，须臾之间，行到山脚下的林子。

太史慈和孙策此时仍扭打成一团，气息如焰。

“糟糕！”孙策听到敌军马蹄声逼近，急得要一气斩杀了对方，却被太史慈死死地牵制住。“啊……啊……”孙策摇头，像只发狂的狮子。扳过太史慈肩头，孙策也抓住挂在他肩上的短剑不放。

突然头盔被拽掉，二人就势向后倒了去。

孙策的头盔，在太史慈手里。太史慈的短剑，在孙策手里。

这时，刘繇的骑兵杀到。

同时，孙策部下十三骑人马也寻来此处，“主公安危如何？”

当然，打成一片，乱作一团。

但是，寡不敌众，孙策及手下十三骑不断受到围攻，直被追击到狭隘山谷间，忽然神亭庙附近喊声四起，一队精兵出云岫般驰骋下来，“喂，救兵来了！”

“我有神佑啊……”如孙策所言，光武帝的神灵早早降下奇瑞来护佑他了，原来幕将周瑜，因他迟迟未归，而率领五百人前来寻他。

太阳落西山之时，突然黑云密布，下起了沛然大雨。或许此乃神雨。

两军各自收兵，人马消失后，一道彩虹挂在山谷上空。

第二天，孙策破晓早早过山，“今日定要取刘繇首级，生擒太史慈！”攻到敌军阵前，大声高呼道：“呀，怎不见太史慈啊！”

孙策让士卒把自己昨日跟太史慈单打独斗，从太史慈手里夺来的那把短剑，系在旗杆上高高挑着。

“身为武将，竟丢落了重要的佩剑，落荒逃命去，不觉羞耻吗？……看呀，敌我将士都看呀，这就是太史慈的短剑！”孙策嘲笑羞辱道。

于是刘繇军中也高高举起一支旗杆，只见杆上绑着一个头盔。

“呀，孙策没事吧？”太史慈驱马到阵前，朗声回敬，“你看呀，这挂着的不是你的头颅吗？身为武将，竟把自己的头颅给了敌人，挂在这杆头暴晒，恐怕有口难辩了吧……啊哈哈哈……”

第 11 章

小霸王

孙策诈死取秣陵

一

在阵前众目睽睽之下，遭太史慈如此嘲讽，年少的孙策跃马而出，“好！那就今日分出昨日的胜负来！”

“且慢！”心腹程普着急忙慌挡在孙策马前，“不可轻易出战，上了敌人这等口舌儿戏的当。主公还有更大的使命啊。”说着把孙策推了回去。

程普将孙策战马之辔交给其他大将，自己上前迎战太史慈。

太史慈见是程普，懒得跟他打，放话道：“我东莱太史慈，没带斩杀尔等小辈的刀。趁还没被我的马踏死，快逃回去，叫孙策来战！”

“呀，口气够大啊，黄毛小儿！”程普大怒，径直杀来。

这时，二人战斗未酣，刘繇却突然鸣金收兵。

“何事鸣金？”太史慈收戟，立即撤退，但心中甚是不平。于是，见了刘繇便忍不住抱怨，“真可惜！今天本要设计诱出孙策……到底出了什么事？”

刘繇表情痛苦，声音发颤，道：“没用了。城池已被攻下啦。都是尔等只顾眼前敌人所致。”

“啊？城池？”太史慈大惊。

原来，不知何时敌人分出一部分兵力，向曲阿进发，从曲阿直捣刘繇的城池——零陵城的后方。

而且，此地有一个庐江松滋人，叫陈武，字子烈。陈武与周瑜是同乡，或许二人早有来往，时机一到便渡江过来，与孙军会合，一起攻城。刘繇的大本营顿时被攻陷。

丢失了重要的阵地，刘繇的狼狈可想而知。

“事已至此，只有撤到秣陵（今江苏南京江宁区秣陵镇一带），全军防守。”一夜之间，全军如秋风席卷荒野，迅速撤离。

他们疲于奔逃，当夜露营，不料又遭遇孙策兵马夜袭，原本四分五裂的残兵，现在更被打得四处逃散。

一部分败军逃进了秣陵。孙策围住秣陵，敌将刘繇得知牛渚薄弱便攻来。孙策闻之，立即掉转马头，“好呀，袋中之鼠，看你奈何！”说着攻击刘繇侧翼。

这时，敌军猛将于糜破釜沉舟攻来。孙策手擒于縻，抱在鞍侧，悠然撤回。

刘繇旗下有一豪杰，名叫樊能，见状驱马追来，“孙策，且慢！”

孙策回头道：“想要这个吗?!”说着，抱住于縻的手臂猛一用力，于縻眼珠迸出，死了。孙策将尸体投向樊能，樊能被砸下马来。

“黄泉路上，去做伴儿吧！”孙策于马上挺枪刺杀樊能，又在于縻胸口补了一枪，然后利落地回到自家阵地。

二

作为最后一试的奇袭归于惨败，就连骁勇可靠的于縻、樊能二将，也在眼前被孙策活活杀死。刘繇已无回天之力，灰心道：“大势去矣！”遂带着仅剩的残兵，投荆州而去。

荆州有刘表健在，称雄一方。

刘繇起初退兵秣陵，打算重整旗鼓，可一败再败，几乎全军覆灭，他自身也失去了再战的气力，“事已至此，投靠刘表吧。”便落荒而逃去了。

一路上也有万余人抛尸荒野。

“刘繇，不值得我们为他出生入死。”识时务、前来孙策帐下投降的兵卒络绎不绝，不计其数。

但刘繇部下中也有誓死效忠的残党，会合于秣陵城，宁可玉碎，“打一场华丽之战！”

他们是张英、陈横等辈。

孙策一路扫除残兵败将，很快逼近秣陵。

张英从城中箭楼眺望敌情，发现敌军已临近护城河，大军中有一员年轻将军，鹤立鸡群，雄姿英发，正在指挥。“啊，是孙策！”他急忙弯弓搭箭。

一箭射中年轻将军的左腿。只见他从马上滚落了下来。周围的士兵“啊”的一声惊呼，纷纷向那将军跑过去。

中箭的正是孙策。孙策已站不起来。士兵们把他扛起来，隐退到自家阵营中。

当夜，攻城大军撤退五里安营扎寨。营中一片寂静，夜雾如墨，处处丧旗低垂。

“要害处的箭伤加重，孙将军不幸去了。”连最底层的士卒都悲伤痛哭。大家交头接耳议论纷纷，或秘不发丧，不日奉柩返回，或就地埋葬，在战场之丘举行临时葬礼。

秣陵城中派出来打探消息的细作，立即回军，告知张英，道：“孙策已死！”

张英拍膝向众人夸耀道：“诸位都听见了吧！中了我的箭，无人能救！”

不过，慎重起见，陈横又派人去打探。探子一早就看见附近村民抬着一口吓人的灵柩，看起来很重，向阵门走去。

“没错。孙策确实丧命了。好像近日就要举行临时葬礼，正在悄悄准备。”探子如实复命，没有半点怀疑。

张英、陈横对视了一眼，莞尔笑道：“干得好啊！”

三

星夜寂静。一队兵马悄然行进，如水蜿蜒流过旷野。队伍吹着悲戚的铜角，打着羯鼓，敲着钲板——送葬的哀乐在暗夜里回荡。兵马默然，风萧萧，如哭如诉。

一簇松明火把守着簇新的灵柩。五色吊旗也仿佛成了一面面黑旗。走在灵柩前后的诸将，不时仰天长叹。

见孙策果然已死，遗骸就要被偷偷埋葬，当日，早已探知此事的张英、陈横二将，突然袭击了这支送葬的队伍。

刚才看着还是草木石头呢，这会儿尽皆喊声阵阵袭来。

原以为孙策大军已失支柱，会多么狼狈不堪，没想到送葬队伍立即分作五列，阵容整齐。

“休要走了张英、陈横！”只听一声号令响彻暗夜。

张英大惊，“啊！敌人有所准备呀！看他们不慌不乱，莫非有诈?!”

他告诫自己人不可轻敌，奋力而战，但终归是小股部队，且已从秣陵城内倾巢而出，很快就招架不住了。

“撤退！撤退！退回城中！”张英率兵马争相撤退。

途中一林子，黑暗中冲出四五骑。

“孙策在此！秣陵城已落入我军手中，尔等欲往何处去?!”大叫着拦住了张英去路。

“管他什么人，只管冲过去！”张英怀疑自己的耳朵，但还是一边下令，一边杀入血战中。

“你就是张英吗？”这时，正面奔来一骑少将。看上去正是那日自己从城中箭楼上一箭射中的孙策。

“呀！没死?!”张英大惊，落荒而逃。

“匹夫！”孙策大喝，策马从后面撞向张英坐骑。

顿时张英身体血喷三丈，脑袋不知飞哪去了。

陈横也被斩杀。

原来这是孙策深谋的计策，大军直捣秣陵，先行攻入城的人打开城门，迎接孙策。

胜利之师，山呼万岁。这时，浩浩长江之水已经明亮起来，朝阳映照着凤凰山、紫金山的山峰。

孙策即日发布法令，安抚民心，秣陵留部分兵马，自己则带领大军攻打泾县（今安徽宣城市西）去了。

从这时起，孙策的英勇大名一时间流传开来，人们都称呼他为“江东孙郎”，或敬畏地称其为“小霸王”。

第 12 章

日晷

太史慈与孙策的君子之约

一

小霸王孙郎的名气如旭日之势，震慑江东一带，但仍有残余势力，根深蒂固不易拔除。

太史慈，字子义，就是其一。

即便主公刘繇都落荒而逃了，他也不改节，召集散兵，镇守泾县，继续抗战。

孙策南征北战，昨日溯九江，今日下秣陵，明日又进兵泾县。

“城虽小，但北方一带是沼地，后有险山，易守难攻。听说城里仅有两千兵，但都是战斗到最后的兵，个个视死如归，定会来个鱼死网破。”

孙策到了泾县，并未自恃威武，反而自诫，“勿轻率靠近”，说着向远处分配兵力，慢慢打探城中情况。

“周瑜。”

“在。”

“我问你，若你下令，你将如何攻陷此城？”

“难。得做好大量牺牲的准备。”

“你也觉得难吗？”

“不过，有一计可考虑，选一不怕死的将领，募集不怕死的壮丁十人，担着易燃的树脂和油布，乘着夜风，潜入城中，四处放火。”

“能潜入进去吗？”

“人多了会被发现。”

“可，那样高的城墙……”

“攀登得法，再高也不怕。”

“可，派谁去呢？”

“陈武可以胜任。”

“陈武刚刚招降，也是将来可用之才。派他赴之死地，可惜了。太史慈更是个将才，可惜是敌人。希望能将他生擒，为我所用。”

“那便这样如何？见到城中火光，同时从三面进攻，不让敌军喘息，只留北门兵力薄弱。太史慈定会走北门。他一出来，我们就只盯着他穷追不舍，在前方设下伏兵。”

“妙计！”孙策拍手叫好。

陈武募集了十来个亡命徒。若能完成任务，活着回来，一跃可为百人队长，还有莫大恩赏，所以许多人来应征。

陈武从中只挑选了十名壮丁，只等起风之夜。

不久，一个月黑风高夜，壮丁背负着油布、树脂等物，陈武则轻装出发，匍匐前进，拨开草木，摸到敌人城下。

城墙并非石头筑成，而是用高温火烧制的一种土砖砌成，厚一丈余，高数十丈。

但是，经过数百年风吹日晒雨淋，砖和砖之间已长出草木，土质剥落，小鸟筑巢，墙面相当狼藉。

“喂，你们几个。我先一人爬上去，放下绳子来，你们几个蹲着别动，看着敌军步哨。听好了？别出声！一动就会被敌人发现！”

陈武下令后，只身一人登城墙。他把匕首插进砖缝，当作脚蹬，踩上去，再往上插匕首，就这样匕首为梯，一步一步登墙而上。

二

“起火了！”

“大火啊！”

“妖火啊！”

从钱粮仓库、箭楼下、书阁里，同时还有马厩，都传来了守卫兵的叫喊。

“嚷嚷什么呢！别中了敌人的计，扰乱军心！不要惊慌，灭火就是！”

城将太史慈在将军台上叱咤，指挥灭火，但城中已经大乱。

嗖——嗖——箭矢掠过太史慈的身体。

这个黑夜风大得很，太史慈在将军台上几乎站不稳。

各处火势防不胜防。一处灭了，一处又起，大火很快燎原开去。

不止如此，喊声、战鼓声、急攻的钲声等，乘着猛烈大风压迫而来，城中守兵哪里还能灭火，已然如釜中热豆，狼狈不堪。

“开北门冲出去！”太史慈跑下将军台，命令部将。紧着又道：“冲出城外，与孙策决一雌雄！敌军为了围城，兵分三路，幸好北面薄弱！”说着，他乘着大风，奔向城外。

城中已成火海，太史慈又如此鼓舞，釜中热豆也要迸出了。

可是，看上去敌兵薄弱的城北，不知为何，兵力却意外得众多。

“看，太史慈出来了！”顿时，乱箭从四面八方的暗地里射过来。

太史慈的兵马还没见着敌人的影子，就遭到了重创。

即便如此，太史慈也没有胆怯，“上啊！上啊！突破敌军中枢！”太史慈孤军奋战，已没几个将士跟随。

就那几个将士也死的死，逃的逃，环顾四周，不知何时，只剩他自己一人了。

“罢了，到此为止吧。”回望火焰中的城池，他紧咬嘴唇。既然如此，回老家东莱隐居，再待时机吧。他下了此决心。

太史慈奔驰在疾风和乱箭的暗夜里，向江岸急去。

这时，身后有人在喊。

“休要走了太史慈！”

“太史慈，休走！”

喊声乘着疾风追来。十里、二十里……穷追不舍。

此地多沼泽、湖泊、水坑等。长江流入芜湖，芜湖水又分流，形成旷野之中大大小小的水洼。

这湖沼湿地里，蒹葭苍苍，芦苇片片。所以他几次迷路。

“糟了！”终于，他的马失蹄陷进泥沼，太史慈被甩进了芦苇丛。

这时，四周芦苇中伸出熊爪，金钩铁索地把他绑了起来。

“完啦！”太史慈被生擒活捉。

他被五花大绑着押去孙策大营，途中，他几次仰望云天，眼中含着悲愤的泪水，道：“惜哉！”

三

不久，他便被带进了孙策大本营。

“万事休矣！”太史慈断念，从容坐上首席，瞑目以待。

这时，帷帐掀起，现出一人，“啊，久违啦。”像是迎接友人一样亲切道。

太史慈双目半睁，看那人，不是别人，正是敌军统帅孙策！

太史慈毅然道：“孙郎啊。快砍下我的头吧！”

孙策疾步上前道：“死易，生难，你为何急着死呢？”

“非我急着死，到了这步田地，一刻也不愿受辱！”

“你有何辱？”

“败军之将，不必多言。足下也不必多问，就请拔出你那把剑，一剑杀了我，看我鲜血四溅吧。”

“不不，我素知你的忠节，见你喷血，我可笑不出来。你恼羞于自己是败军之将，但败因非你所致，而是刘繇过于愚昧。”

“……”

“可惜，你资质英敏，却未遇明主。蚕在蛆之中，自然无法吐丝作茧。”

“……”

孙策见太史慈无言以对，登时屈膝为其松绑，道：“如何？把性命献给更有意义的战争，为自己而战。或者说，你愿意入我帐下建功立业吗？”

太史慈爽快道：“我服了。降服了。请将我这愚钝不才之人收入旗下，效犬马之劳吧。”

“你真是个爽快的汉子。你这爽快劲儿，也让我喜欢。”孙策拉着太史慈的手，把他迎进自己帐中。

“话说，刚才神亭一战，你我酣战，若当时再有一骑追来，我想你就把我这个孙策拿下了。”孙策说笑道。

太史慈也笑道：“哈，会如何呢，不知谁胜谁败呢？”

“如果我败了，我会被你绑了。”

“当然啦。”

“若果真那样，你会为我松绑，放我一条生路吗？”

“那恐怕你项上人头不保了吧——因为，即便我有心救你，但刘繇不会放过你吧。”

“哈哈哈，说的是。”孙策大笑道。

孙策大摆酒宴，二人相谈甚欢。孙策对太史慈道：“今后作战，我会多多听你的意见，若有良策，还请赐教。”

"败军之将不言兵。"太史慈谦逊道。

孙策连忙道:"此言差矣。昔日韩信不也向降将广武君问计嘛。"

"那,虽无大策大略,但为表我已成为你帐下一员,倒有一愚见。不过,我的话恐怕不合将军的心啊。"

太史慈看着孙策,面露微笑。

四

孙策也微笑道:"哈哈,你是说即便你进言,我孙策也没有度量采用吗?"

"是这个意思。"太史慈点了点头,"恐怕会如此。不过,我就先说说看吧。"

"嗯,我听着。"

"也不是别的,只是跟随刘繇的将士,以后找不到靠得住的主子,就会四散流离了。"

"啊,你是说残兵败将的事啊。"

"残兵败将,如此一言以蔽之,已经把他们看作无能之辈,容易无视这些人。但他们中间混杂着不得天时、可惜不遇的大将之才和兵卒。"

"嗯,那你叫我怎么办?"

"眼下,请把我太史慈放了,给我三天时间,让我去说服那些残兵败将,去粗取精,为你带回三千精兵,日后必定为你之后盾——让他们誓死效忠于你。”

“好，你尽管去！”孙策当即准予，可见度量不凡，“不过，三日后的午刻（正午），必须回来。”孙策叮嘱，然后给他一匹骏马，趁夜，把他放出军营。

翌日一早，帐下诸将不见太史慈的身影，就去问孙策。孙策告诉他们是昨晚听了太史慈的进言，放他三天。

“啊？把太史慈放了？”诸将面面相觑，一片哑然，好似好不容易活捉的老虎，又给放回山去了。

“恐怕，太史慈的进言只是个幌子。他不会回来了吧。”

孙策摇头，笑他们道：“他会回来的。太史慈乃信义之士。正因看到了这点，我才不舍得杀他。若不守信义，不回来了，这等人，再也见不到也没什么好可惜的。”

“那，看结果吧。”诸将仍不信。

到了第三日，孙策让人在帐外竖起日晷，由两个小兵看守着。

“辰刻已到！”每过一刻，就有小兵来报。不久又来报：“巳刻已到！”

据说日晷是秦始皇时开始在军中使用的。日晷不断发展进步。宋史有何承天“表候日影”的记载。明代有测影台。

东汉时期，日晷当然还很原始，在沙上垂直立一竿，日照投影，以竿子的影子长度来计算时刻。无沙地的话，就记录投在地板或墙壁上的日影。

“午刻已到!”报时的小兵向大帐里大声报告。

孙策叫上诸将，用手一指，道:“看南面!”

果然，太史慈率三千人马准时回来，从旷野那头扬起一阵漫天草芥黄尘。

有感于孙策的慧眼和太史慈的信义，先前还一直怀疑的诸将，此时也不禁拍掌欢呼，迎接太史慈。

第 13 章
名医
孙策大战严白虎华佗医周泰

一

江东暂且平定。军力日渐增强，威风远近闻名，可以说，孙策的统一大业就此登上了一个台阶。

“现在很关键。我该做什么？”孙策自问自答，“对了，该接母亲过来了。”

自从顶梁柱孙坚死后，孙策的老母和一族人就长期隐居在曲阿乡下，受尽迫害。

珠帘舆，锦盖车，又加派众多大将和护卫兵，孙策把老母和族人都接了过来。

孙策久违地牵起母亲的手，带她到宣城奉养，“母亲可放心在此安度晚年。孙策已长大成人啦。”

发鬓斑白的老母，只是啜泣不止。“你父亲若在世……”欢喜之余，想到这不免哽咽。

孙策对弟孙权道："我把大将周泰派给你，守宣城，代我好生孝敬母亲。"

留下这句话，他再次奔赴南方称霸战场。

他攻占一地，就立即布告治安，以得民心为第一要义。正法纪，救贫民，扶产业，对性质恶劣的违法者，毫不留情、加以严惩。

一听说"孙郎来了"，良民急忙让道，拜于路旁，劣民则闻风丧胆，赶快逃匿。

之前，抛弃州县城、逃到山野的官吏，也道："孙郎爱民，知人善用。"纷纷回乡出仕，络绎不绝。

孙策也录用这些文吏，人尽其才，让他们为和平复兴发光发热。此外，为图今后治安，他亲自出马南征。

当时，吴郡（治所在今江苏苏州）严白虎自称东吴德王，作威作福。听说孙策来袭已取道南进，严军骚动不安，"敌军来了！"

严白虎之弟严舆，出兵至枫桥，扎寨防御。

这时，孙策亲自来到前线，"区区小城！"想一举拿下。张纮劝道："大将一身，乃三军性命。望将军坐镇中军，自重天授之姿。"

"嗯，也是。"孙策纳谏，遣大将韩当为先锋。

陈武、蒋钦二将乘小舟，绕到枫桥后，夹击敌军。严舆招架不住，向吴城后退。

孙策马不停蹄向吴城逼近，立马护城河畔，指挥大军进攻。

这时，从吴城高高箭楼探出半个大汉的身子，貌似一员大将，左手扶梁，右手指着孙策，嘴里还骂骂咧咧，“可恶的家伙！”

孙策回头一看，部下太史慈也瞄准了对方，拉满了弓。只见太史慈手指一松，箭离弦而去，“嗖”的一声，不偏不倚，扎在高高箭楼的梁上。且，把貌似敌将的大汉的手钉在了梁上。孙策拍鞍叫好。全军也叹服于他的箭术，欢呼快哉。那声势已然压过吴城。

二

“来人啊，快把这箭拔出来！”被太史慈漂亮的一箭钉在箭楼梁上的大将发出悲鸣，挣扎着。兵卒跑过来，拔了箭，扶他去了。

这个大将成了大笑柄，而太史慈的大名远播：“近来的名射手啊！”

多年在浙江一方自称“东吴德王”的严白虎，也颜面扫地，“此乃奇耻大辱啊！”多年来的自负心也有所动摇。

看看对方，从统帅孙策到旗下将星，个个年轻得令人震惊。新时代诞生的新晋英雄群，斗志昂扬，并驾齐驱，甚是壮观。

“严舆，我这有个想法。”他回头看着弟弟，双手环抱胸前道。

“有何想法？”

“唉，忍一时之辱，趁未伤到根本，讲和吧。”

“投降吗？”

“把虚名给他，咱只要实权就行。他们年轻，作战强，但是无深谋远虑。讲和后，我这还留有一手。”

严舆代兄长，作为使者，前来孙策军中讲和。

孙策接见了他，“你就是东吴德王的弟弟？原来如此……”不客气地打量着对方，但也马上设宴款待，劝酒道：“啊，边喝边聊吧。”

严舆暗自观察，心想：“不愧人称江东小霸王，好个英姿飒爽的人，不过，乳臭未干啊。一个理想主义的书生，忽得天时，手持兵马，就不知天高地厚了。”

他心里小看对手，但表面上还是一个劲儿地恭维。

酒到半酣，孙策忽然无缘由地质问道：“事到如今，你还真能坐得住啊！”

“事到如今是何意？”严舆反问道。

孙策突然拔剑，砍断他坐的那张椅子的腿，“这就是事到如今！”

严舆仰面摔倒。孙策捧腹大笑，道：“所以我说嘛……”语气好像怪摔倒的人不好，说着收剑入鞘，把手伸给早已吓得面色苍白的严舆，“好啦，起来吧。酒兴游戏而已。话说回来，东吴德王的使者，你的兄长到底开出了什么条件讲和？说来听听吧。"

"家兄说……"严舆忍着腰上的疼痛，重整威仪道，"就是说……与其无益之战损兵折将，不如与将军长久和睦，平等共分江东之地。家兄之意就在于此。"

"平等？"孙策抬眦骂道，"汝等轻贱之辈，也配与我们平起平坐，平分江东吗？不自量力！滚！"

严舆见讲和不成，默然转身要走，这时，孙策从后面一刀下去，砍掉了他的脑袋，鲜血四溅。

三

孙策拭剑，然后指着地上滚落的严舆首级，对站在一隅瑟瑟发抖的严舆随从道："拾起来，滚吧！"又叮嘱道："我方的答复就是这首级。滚回去后，可如实向严白虎禀告。"

随从抱起主人的首级，一溜烟逃回去了。

严白虎见弟弟首级，与其说是想报仇，倒不如说是被孙策狂妄的挑战给震慑住了。"孤军战斗，势必危险。"他想，"暂且退至会稽（今浙江绍兴），依靠浙江诸雄，再图良策。"他变得胆怯了，连夜弃城而逃。

攻来的太史慈和黄盖等将士对严军一通穷追猛打，收拾了多半敌军。

“东吴德王”也不见了往日威风。所到之处，尽遭敌军追击。途中，威逼民家要口粮，隐匿山野躲追击，这才总算抵达会稽。

当时，会稽太守是一个叫王朗的人。王朗助严白虎，出动大军，抵挡孙策侵入。

王朗手下有一名叫虞翻字仲翔的人，谏言道：“时机来了。若逆时盲动，只会自取灭亡。请避而不战。”

“什么时机？”王朗问道。

“时代浪潮。”王朗话音刚落，仲翔答道。

“难道要任由外敌入侵，撒手不管吗？”

“抓严白虎，献孙策，与他结好，保全会稽——此乃顺应时代。”

“休要胡言！我王朗能低三下四向孙策那小子献媚吗？岂不被世人耻笑！”

“非也。孙策重义，广布仁政，近来，也集聚赫赫民望。反之，严白虎骄奢淫逸，多行恶政，善举一样都没有，且还是个头脑守旧的人。您不出手相救，他也会随着时代灭亡。”

“不，严白虎和老夫是旧交，而孙策是打破我们和平的外敌。这时才更当联手抗敌。”

“啊，您也是下一个时代的无用之人。”仲翔长叹。

王朗暴怒，“你这家伙，是咒我灭亡吗？别让我再看见你，出去！”下了放逐令。

仲翔甘愿去异地。被逐出宅邸时，他不带走一物，只是对平常养在笼里的云雀不舍，嗫嚅道："你也不想被没心的人豢养吧。"于是，提鸟笼走了。

他对王朗所说的时代风浪，网罗了隐居山野的贤人，但也把官衙武府等旧势力中的许多贤人赶进了山林。

仲翔就是其中之一。他默默地走在原野上，寻找以后隐居的草庐。他来到一个无名村落的山前，好似松了一口气，道："你也回故乡吧。"把笼中小鸟放飞了蓝天。仲翔微笑着，目送融入蓝天的小鸟——他看到了今后自己的身影。

四

就在仲翔放生的笼中云雀飞向天空时，在下界，会稽城和如潮水般的攻方之间，已鏖战数日。

一日，会稽太守王朗，拉开城门，亲自杀入战场，大叫："黄口小儿孙策，你给我出来！"

"孙策在此！"一位年轻将军，剑甲锵锵，应声而出。

"哦，你就是那个扰乱浙江和平的不良青年头目？"

孙策没兴趣听下去，打断道："你这老猪，休要多言！尔等贼人吸食民脂民膏，懒惰贪婪，养肥了自己，我等大军前来就是来把你们这些鼠贼赶出巢窟。”

王朗大怒，扑将上去，“休要自说自话！”

孙策也正要挺戟来战，身后突然跃出旗下一人，“将军，杀猪焉用王剑。”说着挺枪直指王朗。

此人正是太史慈。

啊呀呀——王朗旗下也跃马而出一将——周昕冲向太史慈。

“休要走了王朗！”

“杀了太史慈！”

“围猎周昕！”

“生擒孙策！”

双方喊声混杂，演变成激烈的混战。孙军中的周瑜、程普二将趁机绕到后方，堵住退路，形成围剿之势，于是会稽城守军大乱。

王朗好不容易活着撤回城内，但兵马损失惨重。此后，他像蝾螺一样，窝在城里，下令“不许轻率出城”，加强防御，坚守不出。

城内也藏着从东吴逃来的严白虎。他也道：“孙军远道长征，撑不到一个月，兵粮必乏。久战才令他们棘手。所以只要我们坚守不出，孙策自然穷途末路。”于是，他担起一方守备，高筑城墙，全面防御。

果然，孙策大军对此实在没辙。无论如何挑战，城兵就是不出。

“麦子还没有熟，运粮路远。即便抢夺百姓储粮，也难以为继，更何况我们的大义也将不存。该如何是好呢？”

“孙策啊，老夫有一计。”

“哦。是叔父啊。还请叔父赐计。”

孙策的叔父孙静答道：“你可知道会稽的金银兵粮不在城内？”

“不知道啊。”

“藏在距此数十里的查渎。所以突然进攻查渎，王朗必不能坐视不管。”

“说得是！”孙策听取了叔父之说。当夜，营地各处燃起篝火，竖起无数旗帜，摆起疑兵之计，佯装要攻打会稽城。实则，如疾风般向查渎移兵。

五

守城兵不知是疑兵计，见敌军篝火通明，便不敢睡去，紧张部署防御，“不可大意！敌军要来袭了！”但等到天亮，篝火熄灭了，城下竟不见一兵一卒。

“查渎遭袭！”

王朗闻言大惊，仰天出城去。在奔赴查渎的途中，又遭遇孙策伏兵，最终溃不成军，全被歼灭。王朗死里逃生，向海隅仓皇逃去。

严白虎在逃往余杭途中，被一个叫元代的人用酒灌醉，熟睡时被砍下头颅。元代将其首级献给孙策，领了赏。

就这样，会稽城也落入孙策手中，由此，南方各地尽乎在他的统治下。他任叔父孙静为会稽城主，心腹君理为吴郡太守。

这时，宣城快马来报，他家发生了一场小骚动。

“一日夜里，住在近乡山中的山贼，与诸州残兵败将联合，突袭宣城。令弟孙权、大将周泰，二人尽力防御。令弟孙权杀入贼群，周泰为了救孙权，未及穿甲，直接冲杀进去，结果身上负有十二处枪刀创伤，现在生命垂危。”

孙策闻言，急忙回宣城。他所担心的母亲，总算安然无恙，但周泰伤势比想象的严重，日夜饱受伤痛。

“无论如何，我要救他，可有名医名药？”他向家臣求医问药。

先前献上严白虎首级成为臣下的元代，答话道：“七年前，我曾遭海盗袭击，受到严重的箭伤，当时，会稽的虞翻说他的友人中有一位名医，便介绍给了我，经那位名医救治，我的伤不到十日就痊愈了。”

“你说的虞翻，莫非字仲翔的那位？”

“您认识？”元代听孙策这么一说，瞪大了眼睛。

“不，我也是听闻。这位仲翔原是王朗的臣下，张昭向我举荐此人，说应当找到此人为我所用——事不宜迟，去找仲翔，同时把那位名医一起带来。"

孙策命令一下，"仲翔如今身在何处？"搜索令传到诸郡官吏。

仲翔隐居山野没多久，就听说孙策有令，让他立即出山。"若是能救人一命……"便和友人医者结伴同行赶来宣城。

既然能成为仲翔的亲友，可见这位医者也不简单。

一位白发童颜的老人，超凡脱俗。手持一朵野蔷薇之类的白花，一边闻着一边走着。那神情好像因为来到这人间烟火味过重的地方，留恋起野外的气息。

孙策接见问其姓名，答道："华佗。"

他说自己生于沛国，字元化。有门第，却不愿多说。立即给病人诊断，嘴里念道："大概一个月吧。"

果然，一个月后，周泰的伤就像擦掉了似的痊愈了。

孙策大喜，"老先生真乃神医啊！"

华佗笑道："你也是治国的名医啊。只是治疗有些急了。"

"你想要什么样的奖赏呢？"孙策问道。

"什么也不要。若能收下仲翔为将军所用，我就感激不尽了。"华佗答道。

第 14 章
和平主义者
吕布辕门射戟

一

江南江东八十一州已归属时代的风云儿孙策所有。现在的江东兵强马壮、土地肥沃、文化活跃，呈现出一幅欣欣向荣的景象。小霸王孙策的地位已不容动摇。

孙策一面分拨诸将把守各地关隘，一面广揽人才、颁布善政。在外交方面孙策也并未落后，他上表朝廷，与中央的曹操结成良好关系。同时还派出使者给曾经的主公袁术送去消息说："已经许久未与您联系，当初寄存在您那里的传国玉玺乃是我父孙坚的遗物，希望您尽快将其返还给我。当然，当时向您所借的兵马，我将用等值的财物十倍加以奉还。"

这段时间，袁术的势力又发展得如何呢？袁术以淮南为中心，占据了江苏、安徽一带，势力愈发强大。再加上袁术一直怀有不小的野心，所以他将大半精力都倾注到了军备、城塞建设之上。

这一天，袁术把手下三十余名大将召集起来说：“今日将各位集中起来，是因为孙策突然提出让我归还玉玺的要求。我应如何回答呢？各位有什么想法尽管直说。”

堂上聚集的有长史杨大将、都督长勋，以及纪灵、桥蕤、雷薄、陈兰等诸将。

一位将领说：“我们没必要老老实实地还给他，只要假装不知道就好了。”

紧接着，次席的一位将领愤然说道：“孙策是个忘恩负义之徒，当年主公收留了他，他却借走主公的三千精兵、五百军马，至今未有任何音信。好不容易有了音信，却一开口就让我们还东西，实在太过无礼！”

“有道理、有道理。”袁术满意地点着头。

诸将都隐约知晓袁术的心思，所以大家异口同声地说：“不如出兵江东，惩罚孙策这个忘恩负义之徒。”

然而，杨大将却站出来反对道：“如果讨伐江东，必须克服长江这道天险。况且现在孙策一方的士气高涨，正如旭日东升一般。因此，我们应暂且忍耐，首先排除北方的忧患、增强本方实力，然后再徐徐向南进攻。”

杨大将的话显然引发了不少将领的共鸣，大家热烈议论起来。

“是啊……说到北方的忧患应该就是小沛的刘备、

徐州的吕布。”

“小沛的刘备势力微弱，可轻易铲除。但吕布盘踞徐州，极难对付。必须用计离间二人，然后方可图之。”

“怎样才能离间这两个人呢？”袁术问。

“此事不难，但是主公之前答应赠给吕布的军粮五万斛、金银一万两以及马匹、绸缎等物则需尽数兑现。”

“好的，没问题。”袁术立刻就同意了这项提议，他心想：如果能得到小沛和徐州，这些代价根本算不上什么。

于是，粮米、金银、锦缎、名马等庞大的物资开始从袁术处源源不断地运往徐州。这些都是此前与刘备交战时袁术答应赠给吕布的物品。

毫无疑问，这是袁术一方为计谋所做的准备。此举意在讨好吕布、孤立刘备，进而铲除刘备之后再消灭吕布。

二

吕布也绝非无谋之辈。

“袁术突然赠予我这么多财物，究竟是何用意？”吕布虽然难掩欢喜，却不免心生疑虑。

“陈宫，你怎么看？”吕布问。

“事情很明显，”陈宫笑道，“袁术意在先稳住你，然后出兵讨伐刘备。”

“很有可能，我也有这种预感。”吕布说。

陈宫分析道：“刘备盘踞小沛，正好可以充当我们的屏障，对我们有百利而无一害。但如果小沛被纳入袁术的势力范围，那么袁术就可以联络北方的诸侯来进攻我们，徐州则再无宁日可言。”

“我才不会上袁术的当。”吕布叫道。

“是的，咱们不能让袁术得逞。他送来的东西咱们只管照单收下，然后静观其变好了。”

数日之后，果然不出陈宫所料，淮南的军队如洪水般向小沛冲去。

袁术手下大将纪灵，率领一支十万人的大军正在向小沛县城进军。

当然，由于袁术已经给了吕布好处，所以大军并未对徐州的吕布做任何戒备。

另一方面，小沛的刘备很清楚自己无法抵挡这支庞大的军队，因为自己一方连最起码的兵器和粮草都凑不齐。

于是，刘备赶忙给吕布写了告急文书：“敌军突至，我军告急，请将军速速援助。”命人快马加鞭送交吕布。

吕布也暗自动员部队，准备支援小沛。他还亲自率领部队，来到了袁术、刘备两军之间。

袁术军面对吕布不守信用的行为大为不满，大将纪灵更是将言辞激烈的抗议信送到了吕布阵中。

吕布看似处于左右为难的境地，但他脸上却没有任何忧虑的神情。

“看我妥善处置，令袁术和刘备双方都不怨恨我。”吕布小声嘟囔着。

一旁的陈宫听到后，心里不免怀疑吕布是否具备这么巧妙的处事手腕。

随后，吕布按照自己的计划写了两封信，分别邀请纪灵和刘备于同一天到自己的帐中。

此时，刘备正率领手下不足五千的兵士在小沛县城外列阵。收到吕布的信后，刘备只好前去赴约，于是起身准备出发。

关羽立刻劝阻道：“不要去，吕布说不定会加害于大哥。”

刘备说：“我此前一直以礼节、谦逊对待吕布，并且未做任何令他生疑的事情。吕布肯定不会害我的。”

刘备说罢正欲上马，张飞又挡在了他的面前。

“大哥虽然这么说，但我还是信不过吕布。大哥稍后再走也不迟。”张飞说着就要上马出阵。

“三弟，你去哪里？”刘备喊道。

“现在吕布从徐州城里出来布阵，正是难得的好机会。我带些兵去突袭他的中军，斩下吕布首级，然后再顺道剿灭纪灵的先锋。我去去就来！”

比起去吕布军中赴会，反而是张飞的鲁莽更让刘备伤脑筋。刘备赶忙对身旁的众人说："关羽、孙乾，快拦住张飞！"

张飞已经拔剑冲了出去，众人好容易才连抱带拽地把他拦了回来。

三

关羽劝诫张飞说："既然你这么不相信吕布，何不报着豁出性命的决心陪大哥一同前往吕布营寨，以备不测。"

张飞一脸怨气："要去！我当然要陪大哥一起去。"说着赶忙上马去追玄德。

关羽见状不由苦笑。

"笑什么？你自己不也劝大哥别去吗？"张飞反驳说。

关、张二人的对话就像小孩子吵架一样。

来到吕布阵营，张飞更是板起了脸，没有一丝笑容，只是双眼盯着各处观望。

关羽也丝毫不敢大意，巍然立于刘备身后。

不久，吕布来了，他一边就座一边跟刘备打招呼说："感谢你能准时前来。"

哪知这句客套话之后，吕布紧接着又说："这次为了替你解围，我多方劳苦，这个恩情你可不要忘啊。”

听到这话，张飞、关羽顿时觉得一股怒火从胸中燃起。但刘备却深深低下头说：“哪里、哪里，吕兄的大恩我怎么可能忘记。”

这时吕布的家臣来到近前说：“淮南大将纪灵已经到了。”

“哦，这么快就来了，带到这里来。”吕布随意命令道。刘备却吓了一跳。

纪灵乃是敌军的大将，而且现在袁、刘两家正在交战。于是刘备慌忙起身，“你好像有客人，我先告辞了。”

但吕布却拦住刘备说：“我今天是故意把足下与纪灵叫到一起的，我自有安排，贤弟尽管就座。”

正说着，纪灵好像已经走到了附近。

纪灵边走边与吕布家臣交谈着，爽朗的笑声越传越近。

“这边请。”家臣掀开营门的帷幕。纪灵迈步往里走，但突然脸色骤变，停住了脚步。

刘备、关羽、张飞！

敌军的三将齐聚一堂，纪灵自然无比震惊。

吕布转头面向纪灵：“来，请坐。”说着指了指空着的座席。

但纪灵不敢放松警惕，退到了帐外。

“我说请坐，你客气什么。”吕布起身走过去抓住纪灵的胳膊，像拎个小孩子似的把纪灵往里面拽。

纪灵惊叫：“吕公、吕公，我跟你有什么仇？你要设计杀我！”

吕布笑了：“我为什么要杀你？”

“那你是要杀刘备，才把他也请过来的？”

“不，我也不想杀玄德。”

“那……那你究竟想怎样？”

“我是为你们双方着想。”

“我不明白，你别戏弄我了，快告诉我实情。”纪灵被弄得一头雾水。

吕布说：“我的真实想法就是‘和平主义’。我这个人向来爱好和平，所以今天才把你们双方请来，让两家重归于好。难道我吕布为你们讲和，你还觉得不够格吗？”

四

连“和平主义”这个词都会替吕布觉得害臊吧。

其他人也就算了，吕布竟然也自诩为“和平主义者”。这可真算是天下奇闻了。

纪灵自然不会相信吕布的“和平主义”，但现在的纪灵与其说觉得好笑，不如说对当前的情况充满了疑惑。

“你说要讲和，讲和是什么意思？”纪灵问吕布。

吕布说：“讲和就是停止战争，双方友好共处。这你都不懂？”

纪灵听得都愣了。

吕布趁机把如坠雾里的纪灵拉到席间。

纪灵和刘备虽然同是宾客，但也是战场上的敌人，席间的气氛一点也不热烈。

“……”

“……”

双方都觉得对方不顺眼，大有剑拔弩张之势，但同时又觉得有些不好意思。

“坐到一起嘛。”吕布让刘备坐到自己右边，又把纪灵招呼到自己左边。酒宴开始了。

但是，此时的酒怎么能好喝呢？双方只是默默地拿着酒杯僵在那里。

这时吕布高声说道：“让我们一起干杯，这样一来就等于两家已经和好了。来，干杯！”说完把自己杯中的酒一饮而尽，然后将空杯子朝下高高举起。

然而，另外两人却纹丝不动。

事已至此，纪灵已无法沉默，他满脸怒气地正面反驳吕布：“请别开玩笑了！”

“什么开玩笑？”吕布问。

“请您替我想想，我领受主公袁术的命令，率领十万大军讨伐刘备。如果不能生擒刘备，我纪灵也没打算活着回去。”

“我知道。”吕布回答。

纪灵继续说：“要是平民百姓的打架纠纷也就算了，但两军交战哪有这么容易收兵？要让我收兵，除非是我生擒刘备或把刘备的首级挑在旗杆上凯旋回城。”

“……”

刘备在一旁听着，低头不语。但身后的关羽、张飞早已火冒三丈、怒目圆睁。

纪灵话音刚落，张飞已从刘备身后闪出，大步走上前，脚步震得地板“咚、咚”响。

张飞喝道：“纪灵，过来！少在那里大放厥词。虽然我们兄弟兵微将寡，但我视尔等如蝼蚁。当初黄巾作乱，我们兄弟仅以数百兵士对抗百万黄巾贼，何曾惧怕过？我最讨厌的就是别人在那里嚼舌。纪灵！随你挑选战场，既然你这么想要家兄的头颅，你就来试试！”

张飞说完拔剑就要向纪灵扑去。关羽赶忙抱住张飞，“三弟，等等！吕布似乎有什么想法。不妨先像大哥那样静观吕布如何处置。”

但此时的张飞已是怒发冲冠、钢髯倒竖，大叫道：“吕布也是瞎胡闹，他要是再胡闹下去，管他是不是吕布，老子决不轻饶！”

五

被张飞如此挑战，纪灵已无法退缩。

“你个匹夫！”纪灵拔剑正欲起身。

“住手，不许吵闹！”吕布盯着二人怒斥，然后转身向自己的家臣喊道，“来人！”

赶忙跑来几位家臣。

吕布语气严厉地说：“把我的方天画戟抬过来！”

临时的“和平主义者”似乎发挥不了作用，于是吕布立刻显露出凶残的本性。一旦吕布发起火来，指不定会做出什么。纪灵被吓得够呛，刘备也倒吸一口冷气。

吕布接过方天画戟，环视在座的众人，然后说：“今天，我把你们双方请来，让你们重归于好。这不是我一个人的想法，而是天意。你们如果争执不下，则是违背了天意。”

看来吕布仍没有放弃“和平主义者”的伪装。

吕布说完突然冲出帐外，一直跑到对面的辕门附近，将方天画戟插到了地上。

而后他回到帐内说：“众位请看，此处距离辕门正好有一百五十步的距离。”

众人顺着吕布所指的方向望去，心中纳闷吕布为何要把戟插在那边。

吕布接着说："我从这里射一箭，如果能一箭射中方天画戟的枝尖，那么就是天意让你们罢兵，你们双方则必须各自收兵。如果射不中，大概就是天意令你们继续交战，那样的话，我决不会干涉，你们继续交战好了。"

真是个怪异的提议。

纪灵心想"离得那么远怎么可能射中"，于是很爽快地同意了。

刘备也只好对吕布说："全看将军了。"

"那就再饮一杯！"吕布说着带领众人回席，又敬了一圈酒。不一会儿，吕布略微感到一些醉意，他向家臣命令道："拿弓箭来！"

吕布走出大帐，单膝跪地，拉满了弓。

吕布使用的是一种叫作"李满弓"的短弓，桦木的弓身上包裹了一层薄金属并反复涂漆，这使得弓的力道很强，是一种硬弓。

"……"

嘭！

弓弦弹回，离弦之箭割裂空气，"嗖嗖"鸣响，径直向前飞去。前方"当啷"一声，只见方天画戟的枝尖迸溅火星，箭已折成了三段。

"——射中了！"

吕布撇下弓回到帐内，对纪灵说："这是天意，请遵守诺言吧。什么？你无法向主公交代？没关系，我给袁术写信，说这事不怨你。”

打发走纪灵之后，吕布得意地走到刘备跟前说：“玄德怎么样？要不是我今天救你，就算你身边有关、张二弟，也难逃此劫吧。”

刘备明知这是吕布在向自己卖人情，但他还是拜谢道：“吕兄的大恩，小弟终生不忘。”

随后刘备带着关羽、张飞回小沛去了。

第 15 章
新娘
袁术欲与吕布结亲

一

纪灵心想："如果现在贸然进攻刘备，吕布肯定会以违约为借口全力攻打我军。"

纪灵到底还是惧怕吕布，被吕布的气势完全压倒了。没办法，纪灵只好撤军回到淮南。

听到纪灵叙述的事情经过，袁术气得暴跳如雷："吕布这个浑蛋！天底下居然有如此厚颜无耻之人！他拿了我那么多好处，竟然厚着脸皮去庇护刘备。"

袁术实在压不下心中怒火，立刻下令："我要亲自率领大军，什么徐州、小沛，全都一举踏平！"

纪灵虽然对此前的失败深感羞愧，但仍不失冷静地劝道："万万不可，不可轻举妄动。吕布之勇，天下皆知，再加上此人并非无谋，实在不好对付。而且他还占据着徐州的地利，如果贸然进攻，必定会吃大亏的。”

“但这家伙盘踞在北边，我无论向南、向西发展都会受到他的牵制。”袁术反驳道。

纪灵说：“我这倒有一计，听说吕布有一女正值妙龄，且天生丽质。”

“是妾生的，还是正妻生的？”袁术问。

“是吕布正妻严氏所生，所以就更合适了。”

“此话怎讲？”

“主公您不是正好有个需要娶亲的儿子吗？您可以与吕布通婚，以此来笼络吕布。只要看看吕布是否接受这门亲事，就可以知道他对咱们的态度。”

“嗯、嗯。”

“如果吕布答应亲事，把女儿送过来。那再好不过，吕布很可能会杀了刘备。”

袁术听罢拍了一下大腿：“好计！鉴于你献了一条妙计，这次的过错就不予追究了。”

于是袁术立刻写了一封信，语气非常谦恭，信中殷勤地感谢了吕布为袁、刘两家和好所做的努力。

然后袁术计算好时间，隔了大约两个月之后向徐州吕布派去使者。使者带着袁术的书信：“……在下想与将军亲上加亲，结成儿女亲家，两家共享繁荣昌盛。”

而吕布只是略显敷衍地回答：“请容我细细考虑，而后再答复。”

不久前袁术殷切表达了对讲和的谢意，现在又来结亲，这令吕布不得不认真考虑一下。

而且吕布夫妻只有一个独生女，夫妻俩对她备加爱护。

“这门亲事倒不算差……你觉得呢？”吕布与妻子严氏商量。

“是啊……”严氏把象牙般雪白的手指支在脸颊上，陷入了沉思。

后院的木兰花已然盛开，花香隐约飘入屋中，吕布这样的伟丈夫此时也仅仅是个目光柔和的好父亲而已。

二

吕布的妻室一共有三人：第一夫人、第二夫人、妾。严氏是吕布的正妻。之后吕布又娶了曹豹的女儿作为第二夫人，但曹豹之女没多久就去世了，没有留下子女。然后吕布又娶了一名妾。妾的名字叫“貂蝉”。

说到貂蝉，正是这名女子让当年在长安的吕布神魂颠倒，最终杀掉董卓，颠覆了当时的政权。难道貂蝉还活在吕布身边吗？

虽然吕布经常呼喊“貂蝉”这个名字，但现在服侍吕布的并非之前那个司徒王允的养女——红颜薄命的貂蝉。而是同名同姓的另一个人。

两个人虽然有些许相似之处，但不论年龄还是气质都不相同。

说来吕布也是个多情男儿。

貂蝉死于长安的混乱之中。但吕布并不甘心，他遍访诸州寻找容貌与貂蝉相似的女子，最后终于找到一个多少能让他回忆起貂蝉的人。

于是吕布便把她唤作“貂蝉”。

这位貂蝉与吕布之间也没有子女。所以，说到子女，只有严氏所生的女儿。

吕布对爱女宠爱有加，把女儿的幸福看得比自己都重要。

面对袁术的结亲请求，吕布前思后想、始终拿不定主意。作为父亲，往往考虑得过多。一方面觉得这是门好亲事，但另一方面却觉得其中隐含危险。

“……我觉得，这门亲事不错。”正妻严氏说，“因为我偶然听别人说过，袁术这个人早晚要当皇帝呢。”

“你听谁说的?”吕布问。

“就是传闻，连侍女们之间也在传，说袁术有望成为天子。”

“那是因为传国玉玺在他手里。但有时传闻的力量着实恐怖，说不定此话真的就能应验。”

“所以说这门亲事不错啊，女儿嫁到袁家，说不定将来能当皇妃呢。”

“你的眼光可够高的啊。”

“身为母亲最先想到的不就是这些吗？但话说回来，还要先查清楚对方有几个儿子。要是嫁给袁术最不争气的儿子，后悔都来不及。”

“这不用担心，袁术只有一个儿子。”

“那这件事不是挺圆满？”

被妻子这么一说，吕布也有些动心了，袁术信中“两家共享繁荣昌盛”的语句也格外醒目地掠过吕布的脑海。

袁家似乎急于得到吕布的答复，又派来了韩胤作为使者询问吕布的意向。

韩胤对吕布说：“不知结亲之事能否允诺？我们袁家君臣都翘首企盼着两家能够喜结良缘。”

吕布回答：“我已经答应了这门亲事。”然后将韩胤安排到馆驿殷勤招待，又赠给使者一行许多金银。当韩胤一行返回的时候，吕布又装了满满一车的豪华礼品送给袁术。

韩胤激动地说：“我定将此事转达主公，袁家定会欣喜无比的。”

韩胤回去后的第二天，那个总板着脸的陈宫更是拉长了脸在政务所中等待着吕布。

三

不一会儿，吕布走了进来。

“噢，陈宫，今天这么早啊。”

“我有点事想跟您说。”

“什么事？”

“关于与袁家结亲之事。”

吕布看了看陈宫的表情，心中不免疑惑：“这个谏言家不会又有什么话来教训我吧。”

于是吕布说：“我已经答应对方了，你现在有意见也来不及了。”

“……”陈宫扫视了一圈，“我有些话想跟将军说，这里不太合适。”

“难道你反对这门亲事？”

“不，我不反对。”陈宫低头回答。

听到这句话，吕布有些放心了，然后说：“一会儿该有官员来办公了，咱们去后院的亭子吧。”

于是吕布和陈宫来到木兰花旁的亭子里，围着石桌坐下。

“我本打算稍后再告诉你的。我和妻子都觉得这门亲事不错，就决定把女儿嫁过去了。”吕布说。

“很好啊。”陈宫回答。

但吕布觉得陈宫话里有话。

“有什么不妥吗？”吕布一方面害怕陈宫提出反对意见，一方面又希望得到陈宫的认可。

陈宫答道：“这件事本身很好，但问题是结婚的时期。婚礼定在什么时候？”

“啊，还没到讨论那个的时候。”

“从订下婚约到拜堂成亲，此间的时日，自古就有一定的规矩。”

“对，就遵照自古以来的规矩。”吕布说。

“不可以。”陈宫回答。

“为什么？”

“按照自古以来的世间惯例，从婚约成立到拜堂成亲的间隔，根据身份不同共分为四种。”

吕布立刻回答：“这我知道，天子大婚需要等一年、诸侯半年、士人夫三月、庶民一月。”

“没错。”

“这么说来……”吕布皱着眉头思考着，“袁术持有传国玉玺，早晚会称帝。那么你是让我遵照天子的惯例？”

“不是。”陈宫回答。

“那就遵照诸侯？”

“非也。”

“莫非让我遵照士大夫的惯例？”

“不可以。”

“那……难道你让我女儿像个庶民一样出嫁?!”吕布有些发怒。

“当然不是。”

“你把我弄糊涂了，那你要让我怎样?”

陈宫说:“嫁女儿这件事虽然是将军的家事，但您现在雄霸天下一方，行事应时刻注意天下的风云变幻。”

“确实如此。”

“将军的骁勇天下无人能及，而袁术拥有传国玉玺且兵强马壮，如今您两家结成姻亲，天下诸侯岂不人人嫉恨?”

“要是害怕这些，那我女儿可就嫁不出去了。”吕布回答。

“但是我们应尽量做到万无一失，这也是为您女儿着想。如果有人将出嫁的吉日当作千载难逢的良机，于半路设下伏兵劫走千金，如之奈何?”

“这确实不可不防……那我应该怎么办?”吕布问。

陈宫答道:“解决之法就是不必等待吉日，不必顾及什么身份、惯例，在周围诸势力仍未察觉的情况下迅速将您女儿先送到袁术势力下的寿春城，这样一来则万无一失。”

四

“原来如此。”

吕布听陈宫这么一说，也觉得陈宫安排得很有道理。

“但是真不好办哪。”吕布突然说。

“有什么问题吗？”陈宫问。

吕布挠着头说：“其实我夫人也非常中意这门亲事……所以我没找你商量就直接答应袁术的使者了。”

“这没关系啊，我并不反对这门亲事。”

“但是使者韩胤已经回淮南去了。”

“这也没关系。”陈宫泰然说。

“哎，为什么？”吕布不免有些惊讶，因为陈宫太过于沉着了。

陈宫向吕布讲了实情：“其实，今天早上我擅自去驿馆拜访了韩胤，然后与他密谈了一段时间。”

“什么？你背着我去见了袁术的使者？”

“因为我实在担心嘛。”

“那你跟他怎么谈的？”吕布问。

陈宫回答：“我进门见到韩胤就单刀直入地问，这次结亲另有目的吧？迎娶新娘之后，嫁妆大概就是刘备的首级吧。突然被我这么一说，韩胤大惊失色。”

“哈哈，那当然了。然后韩胤怎么回答的？”吕布问。

“韩胤盯着我的脸看了一会儿，然后小声请求我别声张出去。从他的反应来看，韩胤这个人也颇有心计。”

“嗯，然后你怎么说的？”

“然后我对韩胤说，这门亲事不能按照世间的惯例进行，否则必遭不测。我自去劝说主公吕布，也请你回去后让袁术速做准备。这么说完，我就回来了。”

“可韩胤跟我辞行的时候什么都没对我说啊？”吕布有些不解。

“韩胤当然不会说，使者怎么会自己挑明来访的目的是政治结婚啊。”陈宫笑道。

陈宫言罢悄悄观察吕布的表情，看他是否有后悔之意。但看样子吕布一心只想着如何为女儿准备婚事。

“如此一来，婚礼越早举行越好，是吧？那就有很多东西要尽快准备啊。”吕布说完便大步向后院奔去。

吕布也把情况向妻子严氏讲了一遍，然后夫妻俩夜以继日地忙着准备送亲庆典。

各种华美的箱匣均已备齐，数量庞大的绸缎布匹缝制完毕，马车上的华盖也装饰一新。终于到了新娘出城的早上。东方刚刚发亮，徐州城中已传来欢快的锣鼓声，自头一天的傍晚起，盛大的宴会就已经开始了。

不久，随着第一缕日光照射下来，载着新娘的金顶马车在白马的拉拽下驶出城门。众多侍女、侍童、身着华服的武士列于马车周围护送，天上的紫云似乎都在争相充当马车的华盖。

五

陈珪已经年老体衰，此时正在儿子陈登的家中养病。而陈登现在正担任着刘备的幕僚。

“外面锣鼓喧天，有什么事吗？”陈珪问。

病室内侍候的小童回答：“老爷不知道吗？徐州城的吕家千金要嫁到淮南去了，城里的百姓都出来送亲呢。”

怎料陈珪听后大叫：“不好，我得赶快过去！”说罢已走出病室。

“快把我扶上驴，我要进城去见吕布。”陈珪叫喊着，任谁都劝不住。

陈珪一路气喘吁吁来到徐州城里，请求面见吕布。

吕布见到陈珪后嘟囔着：“你是个病人，不来道贺也无所谓。”

陈珪却摇着头说：“正好相反，将军死期将至，老夫特来吊唁。”

“你是在说自己吧！”

“非也，比起疾病缠身的老朽，将军反而会先走一步。”

“你胡说些什么！怎么可能！”

“但是命数至此，无可奈何。将军正自己一步步地往冥途上走。”

“别说不吉利的话！今天可是大喜的日子。”吕布怒不可遏。

“正因为将军认为今天是吉日，所以才会自取灭亡。这次结亲明摆着是袁术的计策，正因为刘备跟在将军一方，所以袁术才奈何不了您。于是他打算先把您的女儿扣为人质，然后再出兵攻打小沛。”

“……”

“如此一来，即便刘备告急，将军也无法出手相助。眼睁睁地看着刘备被杀，不就等于白白让敌人夺去自己的手、脚吗？”

“……”

“哎呀哎呀，人的命数、袁术的计策真是恐怖啊。”陈珪继续说着。

“嗯……”

吕布陷入了沉思，然后丢下陈珪突然跑了出去。

“陈宫，陈宫！”吕布的叫声传得老远。陈宫慌忙从政务所跑了过来。

吕布刚一见到陈宫就怒斥道：“你这个无谋之辈！险些害我。”

接着吕布又迅速召集了五百名骑兵，命令道：“快去把我女儿的车马队追回来，婚礼中止了。”

吕布向来善变，但这次未免也太突然了，大家都有些慌张。骑兵队立即快马加鞭，去追赶送亲队伍。

吕布随后赶回书房给袁术写了一封信：“昨晚小女突染微恙、卧床不起，送亲之事请容往后推延。”写完之后立刻令快马送往袁术处。

陈珪一直在徐州城内待到了傍晚，然后才疲惫地骑在驴背上回家了。

“啊啊，我儿子的主君刘玄德暂时没有危险了。”

这自然是陈珪悄悄的自言自语。

第 16 章
盗马贼
张飞盗马吕布怒攻刘备

一

第二天，陈珪依旧卧床养病。但他反复思索着当今险恶的时势，为小沛的刘玄德深感担忧。吕布如同门前的猛虎，袁术则是院后的恶狼，被这两股势力夹在中间，刘备迟早会被其中一方吃掉。

于是陈珪在病床上拿起笔给吕布写了一封信，命使者务必亲自交到吕布手中。信中为吕布献上了如下计策："老夫近日闻知袁术得到了传国玉玺，不日即将称帝，此乃大逆不道之举。而将军明智地将女儿婚期延缓，此时更应该迅速派兵追捕归途中的韩胤，将他押往许都的朝廷，表明您顺从朝廷的立场。如此一来，曹操定会表彰您的功绩，您的军队便可获得朝廷官军的名分。然后再以曹操为左翼、刘玄德为右翼，讨伐袁术这个大逆不道之贼。现在正是立下旷世功名的好时机，这样的机会很难再有第二次，望将军早做定夺。”

“……你在沉思什么呢？”站在吕布身后的妻子严氏也看到了陈珪的信。

“啊，陈珪的话也有一定道理，我正在想究竟该不该听他的。”吕布回答。

“难道你要听一个将死病人的话，放弃这么个金玉良缘吗？”严氏说。

“女儿现在怎么样？”吕布问。

“一个人在屋子里哭呢，怪可怜的……”

“唉，真难办啊。”吕布一边嘟囔着一边来到官吏办公的政务所。

官吏们正交头接耳地议论着。原来近日传来消息，小沛的刘备正在不断从各地购买马匹。

吕布大笑道：“武将买马有什么可大惊小怪的，买马只不过是为将来做准备。我头些日子也派宋宪等人去山东收购良马了，说起来他们也快回来了吧。”

之后过了两日，出差去山东收购军马的宋宪等人回到了徐州城，但一行人就跟中了邪似的目光呆滞、脚步踉跄。

“买了不少军马吧，牵几头好的过来给我看看。”吕布对宋宪说。

“属下该死。”宋宪等人一个劲儿地磕头，生怕吕布发怒。

“属下带着三百匹好马往回赶，前天夜里来到小沛境界的时候冲出来一伙山贼，把其中二百多匹好马劫走了。我们一直拼命搜寻山贼和马的踪迹，但山贼就好像凭空消失了一般。今天我们只得牵着剩下的马暂且回城。”

“什么！二百多匹好马都被山贼抢走了？”吕布说着额头上冒起了青筋。

二

“饭桶！我平时养你们都是干什么的？”吕布大声骂道，“你们这些官吏不就是维持治安的吗？见到山贼为什么不抓起来？居然还有脸回来通报。”

“主公批评得在理。”宋宪伏在地上向暴怒的吕布解释说，“但是那些山贼绝非等闲之辈。他们个个身强体壮，用布蒙着脸，尤其是那个体格最魁梧的头领更加了得，我们在他手里就像个小孩子似的被摔来摔去，根本无法靠近他。而且这伙山贼行动敏捷、训练有素，他们骑上抢来的马，头领一声令下，所有人同时快马加鞭驱赶着马群疾驰而去。由于这些山贼手法过于高明，属下不免心生疑惑，于是暗自调查。原来那些蒙面的山贼正是刘备的义弟张飞及其部下，难怪我们完全不是对手。”

“什么？你说张飞……”

吕布的愤怒转向了小沛的刘备，但他仍有些不太确定地问：“真的、那真的是张飞？”

“绝对没错。”宋宪说。

“可恶！”吕布跳起来咆哮道，“我再也忍不了了！”

徐州城中的将领都被召集起来，吕布下令：“我向刘备宣战了，全军立即向小沛进军！”

说完吕布顶盔掼甲、骑上赤兔马，率军向小沛县城杀来。

刘备大吃一惊，不知吕布究竟为何出兵。但吕布军已至，不得不防。于是刘备也率军来到县城外。

刘备向着对面喊道：“吕将军、吕将军，因何要对小沛出兵啊？”

“刘备，别装傻！”吕布也来到阵前，“你这个忘恩负义之徒，前日我辕门射戟救了你一命，你却让张飞抢了我二百多匹军马。伪君子！你就靠认强盗做义弟来积累钱财吗？”

面对吕布极大的侮辱，刘备脸色变得很难看，但他仍不明白发生了什么事，只是愣在那里。此刻张飞提丈八蛇矛从刘备身后闪出，挡在刘备身前大叫道：“吝啬鬼吕布！二百匹军马算什么，抢马的就是我张飞，我才不是什么强盗。如果我是强盗，那你就是粪贼！”

“什么？粪贼？”吕布有些摸不着头脑。世间有各种各样的贼，但还从没听说过什么“粪贼”。张飞经常能原创一些莫名其妙的词。

张飞继续说：“汝本来无处可投，来到徐州寄于我大哥刘玄德之下。结果你却趁机夺了徐州，一副太守的嘴脸，还将徐州的赋税收为己有。你嫁女儿的一切费用都是搜刮民脂民膏得来的，在这个天下多难之际，你带着一大家子无能的亲族厚颜无耻地赖在徐州白吃白喝，你这种人都不配称作国贼，只配叫粪贼。吕布你听懂了吗？”

三

张飞话音刚落。吕布须发倒竖、咬牙切齿地挥戟已经攻到了近前。

张飞一拽缰绳，战马抬前蹄躲过了吕布的戟锋。

“差劲！”张飞看着吕布挥空的戟挑衅道。

“可恶！”吕布听后更是火上浇油，重新掉转马头摆好架势。

张飞也握紧了丈八蛇矛，怒目圆睁直盯着吕布。

难得一见的壮观场面即将上演，无论吕布还是张飞，都是当今天下出类拔萃的猛将。

然而，两人虽都有万夫不当之勇，但性格却有天壤之别。张飞极端地厌恶吕布这个人，即便在平常场合见到吕布，张飞也觉得体内有一股无名之火在翻涌。同样，吕布平时只要见到张飞的脸，也觉得浑身上下不痛快。

今天，这两位相互憎恶的豪强终于有了交战的理由和场所，战斗的激烈程度几乎难以用语言形容。

二人斗了一百余回合，战马已经汗流浃背，双方的喊声响彻云霄，但仍旧难分胜负。周围的泥土大都已被马蹄踩得翻了起来，夕阳也渐渐西下。

“三弟、三弟！为什么不撤退？”后面传来关羽的声音。

张飞四下一看，渐渐为暮色笼罩的战场上只剩下了自己一人。敌兵远远地堵住了退路，将张飞围了起来。

“哦，二哥！”张飞回应着，仍旧与吕布交战。这时张飞才听到从本方阵列远远传来鸣金收兵的声音。

“快撤退，赶快回城！”关羽已经替张飞把包围的敌兵杀出一个缺口。

张飞也有些发慌，说了句：“吕布，咱们明日再战！”便拨马向着小沛县城跑去。

吕布的骂声从身后传来，但周围的一切都已渐渐为暮色笼罩。

关羽纵马来到张飞近前小声说：“大哥生气了。”

回到县城后，刘备立刻向张飞责问道：“又是你给我惹祸！抢的马都在哪里？”

“都拴在城外的大院里。”

“用不义的手段得来的马匹没资格拴在我们的马厩里，二弟你快将那些马给吕布送回去。”刘备命令道。

关羽当晚就把二百余匹战马全部送到了吕布阵中。

如此一来吕布的气也消了，于是准备撤兵。但陈宫在一旁进言道：“现在不杀刘备此后必为大患。况且徐州的人望正日渐远离将军，转而聚集于刘备身上。”

吕布听完这句话，顿时觉得刘备的道德和善行是一种极大的威胁。

“是啊，我的弱点就是不会笼络人心。”吕布想。

于是吕布不给刘备任何喘息的机会，当晚就开始攻城，直到第二天仍不收兵。小沛县城岌岌可危。

“这可如何是好？”刘备环视左右。

孙乾说道：“现在已没有其他办法，只能暂且弃城去投许都的曹操，然后再寻觅机会一雪前耻。”

刘备听从了孙乾的建议，当夜三更仅带着少数的随从自后门逃出了小沛县城。

第 17 章

胡弓夫人

曹操霸占张济之妻

一

张飞和关羽率领两千余骑兵负责殿后，两人瞅准机会把吕布的部将魏续、宋宪及其部队打得溃不成军。

“这多少也算出了点气。”二人转而率军追赶上了前面的刘备。

这一年是建安元年，正值冬季。

没有城池、没有军粮、人困马乏，刘备带着落魄的一家老小终于抵达了许都。

曹操没有半点看不起刘备的意思，并且对部下说：“刘玄德乃我之弟也。”

他将刘备迎入城中，寒暄之后将刘备让到了上座。

随后曹操还摆下酒席款待关羽和张飞。

傍晚时分，刘备拜谢曹操的厚待，离开相府回驿馆去了。

曹操的心腹谋臣荀彧看着刘备的背影意味深长地说:“刘玄德果然名不虚传啊。”

“嗯。”曹操点头沉默不语。

荀彧凑近曹操的耳朵:“此人将来必成气候，现在不把他除掉，以后必定会长期困扰主公。”

此话暗含杀意。曹操好像突然想到了什么，抬起双眼，双眸中似乎散发着红光。

不久，郭嘉走了过来，曹操询问郭嘉的看法。

“万万不可杀害刘备!”郭嘉用力摇头，“如果刘备是个无名之辈则另当别论，但现在他作为忠义仁爱之士已广为人知。如果主公杀害刘备，天下贤才都将远离主公，您所标榜的大义、仁政也将变得虚假无实。因惧怕刘备一人而失信于四海，我认为此乃下下策，绝对不敢苟同。”

“说得好!”

曹操是个才思敏锐的人，也是个热血男儿，他时而也会因怒气蒙蔽双眼，但他更善于采纳有益意见。

曹操说:“我也是这么想的，何况现在刘备落难，更应对他施予恩惠。”

没过几天，曹操借着上朝的机会保举刘备为豫州牧，并且在送刘备赴任的时候赠给他三千兵士和一万斛粮米。

在为刘备送行的盛大仪式中，刘备再三感谢曹操的好意。临行之际，曹操对刘备耳语道："等到时机成熟，我将与你协力报仇雪恨。"

曹操所说的报仇目标，自然是吕布这个枭雄。

刘备只是不断地微笑点头，然后起程出发。

然而，曹操讨伐吕布的计划尚未实现，却有意想不到的危机向许都袭来。

许都是当今天子的所在地，曹操担任宰相要职统治着朝野上下。

"哪个贼子敢窥伺我许都！"曹操愤怒异常，目光严厉地听着传令兵的汇报。

二

在迁都到许昌之前，于旧都长安执掌人权的乃是相国董卓一门，董卓亡后其手下部将张济侥幸逃脱。近日张济集结了董卓一族的残党，打出"恢复旧都、打倒曹操"的旗号，企图进攻许都。而这支军队的核心统帅则是张济的侄子张绣。

张绣收集分散于各州的董卓旧部，势力逐渐增强。而后张绣以宛城为根据地，任命谋士贾诩为军师，并与荆州太守刘表结成军事同盟。

"必须消灭这股势力。"曹操心里盘算着。

然而曹操最担心的是徐州的吕布。

“如果我进攻张绣，战事一旦陷入僵局，吕布必定会趁机攻打刘备。而后再借着消灭刘备的余威一举进攻许都，我若不能及时回防，许都必定难以招架。”这样的忧虑令曹操迟迟不敢出兵。

而荀彧针对此事却说道：“此事极易处置。”

“是么，我认为别人均不足为惧，唯独吕布令我丝毫不敢放松警惕。”曹操说。

“但吕布并不难对付。”

“你是说以利诱之？”曹操问。

“正是。吕布这个人极易被欲望蒙蔽双眼，主公何不给他加官晋爵、赐予金银，让他与刘备修好？”荀彧献策说。

“对啊！”曹操说着拍了下大腿。

于是曹操立刻命奉车都尉王则作为使者赶往徐州，传达封赏。这个意外之喜令吕布感激不已，遵守曹操的要求自然不在话下。

如此一来已无后顾之忧，于是曹操亲率大军，以夏侯惇为先锋，向宛城进发。

曹军至淯水（今河南省白河）一带下寨，十五万大军的营寨如云霞般一望无际。此时正值建安二年的五月，河边的垂柳枝条嫩绿，淯水缓缓流淌，水中满是桃花的花瓣。

张绣听说曹操自提大军前来，不免吓得面无血色，急忙找军师贾诩商议："贾先生，咱们有多少胜算？"

"既然曹操全力以赴地亲自率军前来，咱们已经没有胜算了。"贾诩说。

"那该怎么办？"

"只有投降了。"

贾诩确实是个明智之人，他劝说张绣赶在与曹操交战之前就尽快投降，并且贾诩还作为使者来到曹操阵中进行谈判。

虽然身为投降一方的使者，但贾诩的态度不卑不亢，言谈从容自如，努力为张绣争取更多的利益。曹操顿时为贾诩的人品所吸引。

曹操试探说："你想不想离开张绣到我这里任职？"

贾诩回答："承蒙丞相抬爱，但是张绣很信任我，常常听从我的建议，我实在不忍弃之。"

"你以前还给谁当过谋士？"

"我以前跟随李傕，这是我一生最大的误判，结果导致我和李傕一起留污名于天下，并为天下人所憎恨。自那以后我处世愈发谨慎小心。"贾诩回答。

宛城内外幸而免遭战火，全城在和平交涉之中被移交给了曹操。曹操进入宛城，于城内一处宅邸起居。

一天夜里，曹操和张绣饮宴到深夜，曹操回到宅邸后突然环视左右说："此城中可有妓女？我怎么听到有胡琴的声音。”

三

这次远征中负责曹操日常起居的是曹操的侄子曹安民。

“安民，你也听到胡琴声了吧?”曹操问。

曹安民回答:“是啊，昨晚也有胡琴声，琴声透着悲伤。”

“到底是谁在拉胡琴?”

“拉胡琴的不是妓女。”曹安民回答。

“你知道是谁拉的?”曹操问。

“我无意中瞥见过一次。”

“你这个好色之徒。”曹操半开玩笑地问，“是美女还是丑女?”

“绝世美女。”曹安民十分肯定地回答。

“什么……绝世美人啊……”曹操吐了一口酒气。

“喂，给我带过来!”曹操命令道。

“哎，把谁带过来?”曹安民问。

“明知故问，当然是那个拉胡琴的女人。”

“……但可惜的是那个美人正在守寡。她是张绣叔父张济的妻子，张济已死，于是张绣将她接入城中侍奉。”

“寡妇也无所谓。你跟她说过话吧？劝她来这里。”

“人家住在深宅内院，我怎么可能接近她？更别提说话了。”

“那你就——”曹操头脑更加发热，命令道，“你带上五十名甲兵，直接冲进去，如果有人问，就说是我曹操的命令。”

曹安民看了看叔父的眼神，不敢拒绝，赶忙带着兵士出去了。不久，一名美人在兵士们的包围下被带了进来。

廊外的烛光摇曳，曹操笔直站立，佩剑立在身前，双手牢牢按在剑柄上。

“带回来了。”曹安民报告说。

“辛苦了，你们都退下吧。”

曹安民及兵士们的脚步声渐渐远去，消失在对面的兵营中。周围变得一片寂静，只有丽人的身影悄然留在曹操前面。

“夫人，请到近前来。我就是曹操。”

“……”

女子稍稍抬了下眼眸。多么忧艳的目光啊，如兰花般的眼睑微微低垂，略显惊惧地揣测着曹操的想法。

“不用害怕，我有点事情想问你。”曹操看得有些恍惚。倾国之美大概就是如此的风韵吧。

女子低垂着眼睛走到曹操面前。

“你姓什么、叫什么？”

曹操问了好几遍，女子才轻声回答：“我是张济的妻子……叫邹氏。”

“你认识我吗？”

“我久仰丞相的大名，今日还是头一次见到……”

“你好像在拉胡琴啊，你喜欢胡琴？”

“不。”

“那为什么每天拉琴？”

“因为过于寂寞。”

“寂寞啊，是啊，深院的孤禽也会因寂寞而鸣叫呢。对了，夫人你知道我的大军为何不动刀剑，这么痛快就接受张绣的投降吗？”

“……”

曹操大步走过去，一下子把手搭在女子肩上。

“……你知道为什么吗？夫人。”

女子缩了缩肩膀，脸颊微微泛红。

曹操的嘴唇靠近女子的耳朵说：“我这是为了你啊，张绣一族的生死存亡还不是我一句话的事。你明白吧？……但我却这么宽大地对待张绣一族。”

女子回头仰视曹操，正与曹操火一般的目光相遇。

“你怎么看待我的热情？……你觉得这是淫欲吗？”曹操问。

“不……不是。”

“那你觉得高兴吗？”

女子发起抖来，清澈的泪水流过脸庞。

曹操紧咬嘴唇、目光狰狞：“快说！”

面对难攻不下的城池，曹操往往采取速攻的策略，而在恋爱方面，他也显出了急性子的秉性，采用起武夫的语气来。因为曹操觉得有些不耐烦了。

“喂，你到底回不回答？”

颤抖的花朵只是低垂着流下露珠，然后从嘴角隐约透出几个字。

曹操并未听清女子说的是愿意还是不愿意，而且曹操也不在乎她怎么回答。

“别哭了！把眼泪擦掉。”曹操说完带着女子向内室大步走去。

第 18 章

血色淯水

好色曹操害死典韦

一

清晨，有部下悄悄找贾诩汇报情况。

“军师，您听说了吗？”

“听说什么？关于曹操的？”贾诩问。

“正是。”

“听说曹操离开宛城，到城外的军营中居住了。”

“不是这件事。”部下道。

“那是什么事？”

部下小声将邹氏和曹操的关系告诉给贾诩。

贾诩随后来到张绣的居所。张绣正憋在屋里生闷气，他一见到贾诩后立刻怒吼：“岂有此理！曹操如何骄横不关我的事，但他怎么能这么侮辱我！我决不能再委曲求全了！”

贾诩并未正面提及令张绣如此气愤的原因，只是口气平和地说："请您先消消气，咱们要做的就是让曹操付出应有的代价。"

接着贾诩支开侍从，与张绣密语了一番。

第二天，张绣若无其事地拜访了位于城外的曹军大寨。

张绣对曹操说："我现在真是伤脑筋啊，部下的兵士似乎都觉得我没骨气，每日逃走的兵士层出不穷，城内的治安也越来越不稳定。"

曹操有些可怜张绣，笑道："这还不容易解决，你只要在四个城门设下监视队，再率督军部队于城内外巡逻，见到逃兵立即斩首。如此一来迅速就可平息事态。"

张绣回答："我也这么想过，但我已经投降，不好再擅自调动自己的部队。"

"不必介意，你如果管理不好属下的士兵，反而会给我军添乱。"曹操随意答道。

张绣心中不由暗喜："果然如贾先生所料！"随后张绣不动声色地回到城中，将经过都告诉了贾诩。

贾诩点头道："好，那么接下来请把胡车儿叫过来，我有事情吩咐他。"

胡车儿乃是宛城中的第一猛将，此人头生红发，目光敏锐如鹰，可举起五百斤的重物，日行七百里，可谓是难得的怪杰。

贾诩问胡车儿：“曹操身边总有典韦贴身护卫，你有自信战胜典韦吗？”

贾诩话音未落，胡车儿大惊失色、一个劲儿地摇头说：“这世上我谁都不怕，但典韦那家伙我绝对打不过。”

“但是不想办法除掉典韦，我们根本就别想靠近曹操啊。”张绣有些为难。

胡车儿说：“我倒是有个主意，典韦好酒，我们可以请他赴宴然后把他灌醉，之后我再以护送典韦为由混入曹操中军大帐。”

“对啊！此计不错，灌醉典韦后再将他的双戟偷走，如此一来你就能干掉典韦了吧？”贾诩问。

胡车儿哈哈大笑着：“如果典韦没兵器，那我肯定能赢。”

二

典韦就如同宫殿外的石狮子，无论曹操在哪里行军打仗，帐外总有典韦这个目光炯炯的忠实护卫。

这一天典韦同样在曹操帐外值班，“啊啊，好困哪。”无事可做的典韦备感无聊地望着中军大帐外飞舞的蝴蝶。

“都已经到夏天了。”典韦在帐前来回踱着步，略感怜悯地望着手中的双戟，这对战戟在此次远征中还从未派上过用场。

当年曹操起兵之时，贴出檄文招募四方勇士，典韦就是在那个时候成为曹操部下的。当时典韦向曹操展示了他的怪力。曹操感叹道："你简直就是当年商纣王手下的壮士恶来啊！"

自那以后，典韦也常被称作恶来。

但是恶来典韦像个石狮子似的整日提戟干站着，难免会觉得无聊。

"喂，什么人！？"

突然有个士兵鬼鬼祟祟地来到中军帐附近，闲得无聊的典韦立即盘问来人身份。

士兵跪地叩拜，掏出一封信来。

"您就是典韦大人吧？"士兵问。

"哦，你找我有事？"

"是，我是张绣派来的使者，这是给您的信。"

"这样啊，张绣找我有什么事吗？"典韦展开信。

原来这是一封邀请函，信中说城中备下了酒菜，希望典韦能于明天傍晚到城内赴宴，以慰劳他在阵中的劳苦。

典韦心想："……好久没喝到美酒了，而且明天晚上不用值班。"于是典韦答应了邀请，让使者回去通报。

第二天，太阳还没下山，典韦就出发了，然后在城中一直饮宴到二更时分。出城时，典韦已经烂醉如泥，连路都走不好了。

“张绣大人命令我把典将军送回中军大帐，您就扶着我的肩膀走吧。”一位士兵非常殷勤地搀扶着典韦。

“哦，原来是你啊。”典韦仔细一看，搀扶自己的正是前日送信的兵士。

“您喝得可好？”兵士问。

“我喝了整整一斗哪，怎么样？肚子里都是酒，哈哈哈。”

“您还能喝吗？”

“喝不了了……哦，我是个大个子，你的个子也不矮嘛，几乎跟我一样高啊。”

“危险，您不要搂我的脖子啊，这样咱俩都没法走路了。”

“你小子的头发和胡子怎么是红的？不错、不错。”

“请别拽我的胡子。”

“哈哈，你的面相也够凶的。”

“中军大帐到了。”

“什么，已经到中军帐了？”

到了曹操帐外，典韦多少变得警醒了一些。但距离换班还有一段时间，于是典韦回到自己帐内倒头就睡。

“请您注意不要着凉……在下告辞了。”

护送的士兵摇晃典韦的身体，典韦毫无反应，只是高声打鼾。

于是红头发的士兵慢慢退出了典韦的帐篷，同时悄悄拿起门边的一对大戟。

三

这天晚上，曹操同样在中军大帐中与邹氏饮酒。

忽然，曹操放下酒杯，“似乎有马蹄声，来人，去看一下。”

侍臣回来禀报说：“外面是张绣带着部队巡逻，说是为了防止逃兵。”

“啊啊，原来如此。”曹操并未生疑。

然而二更时分，中军帐外又传来喊叫声。

“出去看看，有什么事。”曹操命令说。

侍臣再次外出查看，然后于帐外复命说：“没什么大事，有士兵不小心点着了军马料草，众人已经将火扑灭了。”

“失火啊……真不小心。”

结果，没过多久又有火光从窗子照了进来。从晚上起一直泰然自若的曹操突然警觉起来，推开窗子一看，营寨被一片黑烟笼罩，而且周围人影乱窜、喊声嘈杂。

“典韦、典韦！”曹操大叫。

但跟以往不同的是，典韦并没有出现。

曹操慌忙穿戴好盔甲。

另一方面，典韦自二更起就酣睡不起，最后终于被传入帐内的烟呛醒了。典韦一跃而起，但为时已晚，中军寨的四面八方都冒起火来，周围喊声震天、锣鼓齐鸣，典韦立刻意识到张绣造反了。

“不好，我的戟不见了！”

这下子连典韦都慌了，而且由于天热他还光着上身，此刻连穿上靴子的时间都没有。但即便如此典韦依然跃出帐外。

“恶来典韦来了！快跑啊！”敌人的步卒四散奔逃。

典韦追上一人，一把夺过他的腰刀，砍得周围鬼哭狼嚎。中军寨的正门被典韦一个人夺了回来。但是没过多久，一队装备着长枪的骑兵代替步兵冲了过来。

典韦力斩骑兵、步卒二十余人，刀刃卷了就夺过一把长枪，长枪也刺劈了，典韦干脆左、右手各提着一具敌人的尸体当作武器挥舞。

敌军见难以靠近典韦，于是远远地列队射箭。半裸着身体的典韦根本无法防御。

即便如此，典韦依旧死守寨门，如神王恶鬼般矗立在寨门中央。过了许久，典韦一动不动，有兵士壮着胆子到近前观察，发现典韦浑身插满了箭矢、双眼瞪着上天、站在原地已经咽气了。

在典韦于寨门抵挡期间，曹操跳上一匹快马已经从中军寨的后门逃跑了。

曹操逃得过于机敏，别说是敌人、就连曹军自己也没察觉主帅已经逃了。只有侄子曹安民赤脚奔跑跟在曹操后面。

然而，不久后敌人冲入中军大帐发现曹操已逃，于是派出骑兵追赶。张绣的骑兵越追越近，还不停地向曹操射箭。

曹操的马被射中了三箭，曹操的左胳膊也中了一箭。

徒步奔跑的曹安民没能逃脱，被赶上来的敌人剁成了肉泥。

曹操不停挥舞鞭子，负伤的马跳入淯水，就在马即将蹚水到对岸的时候，一箭飞来正中马的眼睛。曹操的战马“扑通”一声倒地。

四

淯水的水流变成了暗色，如果在白天，就能看出河水已被鲜血染红。

曹操和战马均已浑身是血，而且战马已经无法再站起来了。

逃亡而来的曹军士兵大多在淯水岸边惨遭追兵杀害。

曹操只身一人勉强爬上了对岸。

黑暗中突然传来一声问候："这不是父亲吗？"

这是曹昂的声音，曹昂是曹操的长子。

一群武士保护着曹昂侥幸逃到了这里。

"请到这边来。"曹昂说着将自己的马让给了曹操。

"你来得真及时啊。"曹操大喜过望，纵身跃上马背疾驰而去。但还没跑出百步，曹昂就被追上来的敌军乱箭射死了。

曹昂在倒地之前大叫道："父亲不要管我，只要您还活着，总有一天会为我们报仇的，不要管我！"

曹操后悔得直用拳头打自己的头，"我有这么好的儿子，但我这个做父亲的却……远征途中我贪恋女色、贻误军机，简直差劲到了极点。而且居然让我的儿子代我遭受天谴——啊啊，昂儿请原谅我。"

曹操将曹昂的尸体置于马鞍后，连夜向前奔逃。

过了两天，被打散的将领、士兵终于知道曹操仍然活着，都聚集到了曹操身边。

雪上加霜的是，青州兵集体到曹操跟前报告说："于禁造反了，正在追杀青州兵。"

青州兵是曹操老家的士兵，并且也是曹军的骨干，他们统一归夏侯惇指挥。

"于禁想趁乱造反，实在可恶！"曹操大怒，立即派兵攻打于禁的阵营。

于禁为了防御张绣的追兵正在构筑营垒，听说曹操派兵来攻打自己，于禁并未惊慌。

“把壕沟挖得深一些，防御一定要牢固!”于禁命令着。

部下劝道：“这明显是青州兵到丞相那里诬陷我们，一旦抵抗就真的成了造反，所以现在应马上派使者去跟丞相解释清楚。”

“不，没那个时间了。”于禁回答。

不久，张绣的追兵杀到，只有于禁的阵列一丝不乱地顽强防御，最终将张绣军击退。

随后于禁才求见曹操进行解释，于禁说由于青州兵趁乱劫掠当地百姓，所以自己才率领部下惩治那些士兵。抢劫的青州兵因为怀恨在心，于是到曹操面前诬陷于禁。

“那你为何要抵抗我派过去的部队?”曹操严厉地问。

于禁回答：“忙着进行辩解，只能保证我一个人的安全。如果只想着如何自保，就必定无法专心抵御张绣的追兵。我认为事后再向您解释也不迟。”

五

于禁说话间，曹操一直正面注视着他。

待于禁解释完毕后，曹操立即说：“明白了，我对你已经没有任何怀疑了。”

接着，曹操用力挥臂指着于禁说：“你能够公私分明、临危不乱，不在乎自己一人的名利，而是顾全大局优先考虑退敌。古之名将也不过如此啊！”

曹操对于禁大加赞扬，封于禁为益寿亭侯以表彰他此次的功劳，还当即赐给他一副黄金器具。

诬陷于禁的青州兵都遭到了处罚，青州兵的主将夏侯惇也被曹操训斥了一顿。

在这次远征中，曹操因人品问题吃了大亏。但一旦回到军事统帅的位置上，赏罚分明、严肃军纪这些道理仍是曹操丝毫不敢放松的。

赏罚已毕，曹操设立祭坛，追悼此次阵亡的兵将。

全军行礼之前，曹操首先登上祭坛。“典韦，请受我一拜。”曹操说着流下了泪水。

曹操痛哭流涕，转身面向三军将士说道：“这一战我痛失长子曹昂和爱侄曹安民，至今仍心痛不已……但是，最令我悲痛的还是平日里对我忠心耿耿的典韦将军因我而死。一想到典韦已死，我就止不住地流泪……”

坛下一片肃穆，将士们都满心感动地看着流泪的曹操。有些兵士甚至觉得为曹操而死将是一种幸福，而更多的人领悟到的是“平日里的忠诚才是最重要的”。

总之，曹操这次败得很惨。

但这也令主帅与将士们的关系更加紧密。

曹操深知如何突破逆境，并将逆境转化为前进的踏板。

回顾过往，我们可以发现，曹操一方每当遭遇逆境都将会有本质的跃进。

曹操率军退回许都之后，已有一名使者从徐州赶来拜见曹操，而且使者随行还押送了一名囚犯。

使者是陈珪的儿子陈登，犯人则是袁术的家臣韩胤。

陈登向曹操报告说："丞相应该知道吧，这个韩胤就是奉袁术的命令到徐州与吕布结亲的使者。吕布前些日子接到丞相的恩命，被授予平东将军。吕布深为感激，决定取消与袁术的婚约，并与丞相结好。这次将韩胤押来，正是为了表明吕布的诚意。"

曹操高兴地回答："我们双方结好，对吕布、对我都是可喜可贺之事。"

于是曹操立刻下令将韩胤斩首。

刑吏特意挑选许都一个繁华的十字路口，将韩胤斩首示众。

当晚，曹操将陈登请到自己的私宅，说要为他接风洗尘。

第 19 章
陈大夫
陈珪巧言戏吕布

一

酒宴之中，曹操留心观察陈登的才能如何，陈登也在揣测曹操的心思。

陈登小声对曹操说：“吕布乃豺狼也，虽然勇猛异常但不可提携。我这个吕布的使者这样说，丞相大概会怀疑我的为人吧？但我父亲陈珪也住在徐州城中，不得已才成了吕布的臣下，其实我父亲也早就看不上吕布这个人了。”

“是啊，我也有同感。”其实曹操心里早有盘算，陈登这么一说，曹操也便吐露了心机。

曹操说：“正如你所说，我也知道吕布这个人没有信用。但正因为我知道吕布如豺狼一般，所以在与他交往的过程中我处处提防，谨防吃亏上当。”

“是的，您能做足提防就好。”

“幸好我跟你已成为知己，今后请在吕布那边暗中协助我……你父亲陈珪大夫的名声我早就有所耳闻，回去后也请替我问候他。”

陈登回答：“我明白了。如果有一天丞相要对吕布采取非常手段，我们父子二人一定会在徐州城内给您做内应。”

“拜托了。没想到今晚的宴席这么有意义，你可不要忘了今天的话啊。”

曹操和陈登用力碰了一下酒杯。

随后曹操奏请朝廷，任命陈登为广陵太守，并且拨给陈珪每年两千石的俸禄用以养老。

使臣韩胤在许都被斩首示众的消息，被传得沸沸扬扬，很快就传到了袁术的耳朵里。

“岂有此理！”袁术对吕布的做法大为愤怒，“我以礼待他，吕布这家伙却把我的使者交给曹操，还取消婚约。没人能忍受这种羞辱！”

袁术立即调动了二十余万大军，兵分七路向徐州压来。

吕布的前方防御部队轻易就被袁术大军冲散，吕布派去的前锋部队也被击溃，徐州城下顿时挤满了败逃回来的士兵。

事态严峻，吕布慌忙召集重臣商议。

吕布说："今天大家尽可直言不讳，只要能解救徐州的危机，我一概听从。"

席上的陈宫立刻回应道："事情到了今天这个地步，全都因为陈珪父子作乱。您那么信任他们，甚至让陈登作为使者去许都，但陈登只知道献媚朝廷和曹操，为自己一家谋求爵禄。现在军情这么急迫，陈珪父子连面都不露，这不是最好的证据吗？"

"是啊、是啊。"立刻有人拍手支持陈宫的说法。

陈宫的语气更加激动："因此，我们应该将陈珪父子斩首，然后将他们的头献给袁术，袁术自然会退兵。这就叫因果相报，陈珪父子理应得到这样的下场，这也是解救徐州的唯一方法。"

吕布深感赞同，立即派人把陈珪父子押到城中，准备斩首。

没想到陈珪却高声大笑："我这把老骨头，早就把生死看开了，没想到我的脑袋还有这么大用处，我儿子的脑袋也随你拿去用好了。但话说回来，吕布你可真是个胆小鬼。啊哈哈哈哈，你有什么面目去见天子？"

二

"有什么好笑的！"吕布瞪着陈珪，"居然说我胆子小，你这么大口气，难道有什么退敌之策吗？"

“当然有了。”陈珪若无其事地回答。

吕布来了精神，“那还不快说，如果真是良策，我就饶你们不死。”

“计策我倒是有，就看你用还是不用。就算再好的计策，如果不被采纳也只是空谈而已。”

“总之你先说说看。”

“袁术号称二十余万大军，但实际上只不过是乌合之众。因为近日袁术为了称帝才突然扩充了这么多军队。况且，袁术第六军的将领韩暹以前乃是陕西一处山寨的头目。第七军的将领杨奉曾是反贼李傕的部下，后来杨奉为曹操所追，无处栖身才转投袁术。”

“嗯，确实如此。”

“您不是也了解这些人的出身吗？那袁术的势力还有什么可怕的？只要给这些人一些好处，他们就会成为我们的内应，扰乱袁术一方。然后将军再派使者联络刘玄德，刘玄德乃高洁温厚之士，肯定不会袖手旁观将军的窘境。”

陈珪滔滔不绝，吕布听得连连点头。

结果吕布免除了陈珪父子的一切罪责，即刻放二人回家。并且吕布还任命陈珪父子全权负责实施以上的计策，联络袁术方的将领做内应。

“儿子，今天可够危险的。”陈珪在回家路上对陈登说。

“父亲真能随机应变啊。我本来觉得今天肯定没救了。”

“我也差点就放弃了。”

“但话说回来，您有办法联系到韩暹、杨奉吗？”陈登问。

“没办法。”

“那可怎么办？”

“车到山前必有路嘛。”

陈珪一回到家里的卧房，立刻又成了个老衰的病人。

另一方面，袁术这边，为了报复取消婚约的吕布，派出大军攻打徐州。在临行前的阅兵仪式中，袁术公然表达了自己多年以来称帝的野心：“汉高祖刘邦只是一名亭长，但他创建了四百年的帝业，现在汉室衰微、天数已尽，天下需要一个新的统治者。我家四世三公、百姓臣服、众望所归，所以我今天要顺应天意民声，即九五至尊之位，尔等众臣应竭尽全力来辅佐朕。”

显然袁术已经把自己当作皇帝了。接着袁术改年号为仲氏，设立台省官府制度，乘龙凤辇，于南北郊祭祀天地，立冯氏为皇后、嫡子为东宫，袁术后宫姬妾皆穿锦缎华服。

三

袁术显然过于骄傲自大，但没人敢豁上自己的性命进言劝诫。

只有主簿阎象趁袁术心情不错时进言道："自古以来的贤明之人都知顺应天意。周文王三分天下有其二，尚且侍奉殷商纣王，况且现在汉室衰微也并未达到商纣王的程度……"

袁术不等阎象说完就怒斥道："那又怎样？"说完恶狠狠地瞪着阎象。

"……所以……"阎象浑身发抖，说不下去了。

"住口！你这个酸儒，卖弄小聪明。我得到传国玉玺难道是偶然吗？这就是天意，我即帝位才叫顺应天意。听明白了吗？还不退下！"

为防止以后臣下再有人出来劝诫，袁术下了一道命令："将来如果再有人枉自议论帝位，定斩不赦。"

随后袁术亲领督军、近卫二军团，追随之前发出的七路大军，向徐州进发。

临出阵时，袁术命令刺史金尚都督各路军粮。不知为何，金尚接令时满脸怒气，嘴里还小声嘟囔着什么。袁术立刻命令近卫武士将金尚斩首，以此来警戒众官员。

督军、近卫军这两个军团从后方赶来，前线的二十万将士预感到真的要打一场大仗了。

七位将领率领着七路大军望徐州杀来，一路上抢劫民宅、烧毁房屋。

这七路兵马是：

张勋一军从大路直取徐州。

桥蕤一军攻取小沛。

陈纪一军攻取沂都。

雷薄一军攻取琅琊。

陈兰一军攻取碣石。

韩暹一军攻取下邳。

杨奉一军攻取浚山。

看到这个阵容，难怪连吕布也心生胆怯。

吕布焦急等待着陈珪父子“内应之计”的效果，但陈珪父子自那天之后就再也没露面。

吕布派侍臣到陈珪家中打探，结果发现陈珪只是在家中悠闲地晒太阳。

吕布本来就性急，而且现在唯一的依靠就是陈珪的计策。

“他倒是挺悠闲，给我把陈珪父子抓过来！”吕布命令道，同时心里盘算着：“上次我被他说得晕头转向，这次一见面我就要把陈珪这老家伙的头砍下来！”

黄昏时分，陈珪一家大门紧闭，儿子陈登等家人围坐在桌旁准备吃晚饭。

外面传来大门被砸坏的声音，紧接着是下人们的惨叫声。一群武士径直冲了进来。

四

武士们不由分说立即将陈珪父子绑走。

父子俩被拖到吕布面前，吕布怒目圆睁吼道："你个老家伙，骗了我好几回，今天就是你的死期！"说完令武士将陈珪推出斩首。

陈珪依旧无所畏惧地微笑着，但他这次稍微伸出双手挑衅似的说："如此性急、如此性急。"

这下更是火上浇油，吕布的吼声震得大殿的房梁直颤："可恶！还敢取笑我！你不知道自己脑袋就要掉了吗?!"

"不知道要掉的是我的脑袋，还是您的脑袋。"

"今天我就让你看看！"吕布已拔剑在手。

陈珪仰天长叹："啊啊，一代名将的目光怎会如此昏庸，居然要用剑砍自己的脑袋。"

"你胡说些什么?"吕布多少有些犹豫。

陈珪见吕布面色有变，立即发挥三寸不烂之舌的功夫："正如我此前说的，无论多好的计策，如果不被采纳也只是空谈而已。如果砍下老夫的头颅，谁去实施计策拯救徐州？因此将军拔剑不就等于砍自己的头吗？”

“你的诡辩我已经听够了，一旦我放过你，你就又回家睡大觉。不是我不用计策，是你这个老狐狸根本就不行动！”

“所以我才说你性急嘛，我背地里早就开始实施计划了。我已和袁术第六军的主将韩暹联系好，近日将和他在某个秘密地点会谈。”

“哦，真的吗？”吕布问。

“我为什么要骗你。”

“那你为什么闭门不出，在战乱中安享清福？”

“将军难道不知道‘真正的谋士切忌轻举妄动’的道理吗？”

“别骗我了，你八成在准备逃往他处吧？”

陈珪答道：“将军身为大将，怎么能像小人一样胡乱猜疑别人呢？老朽的妻子、宗族皆在将军手中，老朽怎么可能撇下他们独自一人苟活？”

“那你立刻去见韩暹，就像之前说的那样让他做我的内应。你可愿意？”吕布问。

“老夫本来就是这么打算的，关键是将军怎么想？”

“嗯……我也想按照你的计策行事，我厌烦的是空耗时日却没有进展。如果要做就尽快行动。”

“但您内心还是怀疑老夫吧？这样吧，把我儿子陈登留在城中做人质，老夫一人去见韩暹。”

“去敌人的地盘需要带些部下吧？”吕布问。

“是的，我对部下有些特别的要求。”

“你需要多少人？或者需要哪位将军随你去？”

“我不要将军，有一头羊就够了。”

“一头羊？”

“请将军从牧场给我选一头母羊，听说韩暹的营寨在下邳的山中，老夫饿了吃山果，渴了喝羊奶，一定赶到韩暹的营寨，力劝他倒戈。将军这边也不要松懈，请速派使者联络刘备，做好一应准备。”

陈珪当天就牵着一头羊从徐州城的南门飘然而出。

第20章

妄自尊大

陈珪策反二将助吕布败袁术

一

下邳位于徐州东部的山地，韩暹率领袁术第六路大军扼守住这里通往徐州的要道，他以山中的啸松寺为中军大帐等待总攻的时日。

自然，各条道路已处于戒严状态，山野中也驻满了部队。

陈珪却牵着羊悠然而行。

“那个老头儿是怎么回事?”士兵们指指点点，但没人上前盘问。因为眼前的老人过于平和，穿越战场却没有丝毫危机意识。士兵们到底还是放松了警戒。

陈珪已在山中走了许久，他时而坐在岩石上歇歇脚，时而挤些羊奶出来解渴（因为这座山中并没有泉水）。

此时正值盛夏，满山蝉声鼎沸，啸松寺终于在一片松林之后露出了头。

“老人家，你要去哪里?”中军门前的士兵到底还是过来盘问了。

陈珪指了指身旁的羊，“我把此羊献给韩将军。”

“你是从附近村里来的?”士兵问。

“不，我从徐州来。”

“什么！你是从徐州城来的?”

“麻烦你通报韩将军，陈珪带着一头羊来拜访他。”

守门的部将听说“陈珪”二字吃了一惊，因为陈珪在附近一带已小有名气。首先，陈珪是徐州吕布的座上宾；其次，前些日子曹操又奏请朝廷为他申请了两千石的俸禄。

听到通报后的韩暹更为吃惊，“总之先请到正堂来吧。”说完赶忙出来迎接。

“这是我的一点心意。”陈珪把羊交给韩暹的家臣，然后与韩暹唠起家常来，一句也不提此行的目的。

渐渐地，太阳落山了。

陈珪说：“想必今晚月色很美，而室内不免闷热，不如老夫与将军在院中松树下谈谈知心话。”

于是陈珪和韩暹来到松树下，避开他人耳目，只有树梢上的弯月能听到二人的谈话。

韩暹首先问：“您是吕布的客将，为何拜访与吕布为敌的我呢？”

陈珪立刻正色道：“老夫不是吕布的臣下，而是朝廷的臣子。因为我住在徐州，所以人们常说我是吕布的人，但徐州不也是朝廷的土地吗？”

接着陈珪又展开一番雄辩，论说天下时局和诸地的英雄。最后陈珪感叹道：“将军这样的人才真是可惜了！”

“您老人家为何会感叹我的遭遇呢？愿闻其详。”

“老夫正是为此而来，请将军听我详细道来。回想起来您也是一位精忠报国的高尚国士，当年天子从长安还幸洛阳，正是您于车辇旁忠诚护卫。但是现在您却辅佐伪帝袁术，蒙受不忠不义之名。况且伪帝必定于一代之内土崩瓦解，将军难道仅仅为了一两年的衣食，就要舍弃一生的荣光，招致万世骂名吗？果真如此的话，将不止老夫一人为您叹息吧。”

二

陈珪说罢拿出吕布的书信，“以上所说的并非老夫一人的意见，吕布也是这么想的。这是他的书信。”

韩暹自刚才起就一脸严肃，看到吕布的信之后，他似乎终于下定了决心：“其实，在下也时常看不惯袁术的狂妄自大。在下也有心回归汉室正统，但苦于没有门路。”

陈珪心中暗喜，“这下子韩暹就像掌中的小鸟一样，令我任意摆布了。”于是陈珪说：“听说第七军的杨奉将军与您交情很深，您还可以邀请杨将军共同起事。”

“共同起事是指？”韩暹小声问，气息有些零乱，因为他已明确意识到此间的交谈将决定自己下半生的命运。

陈珪也压低声音说：“您只要与杨奉将军事先约好，进攻徐州当日共同于袁术军后方放火倒戈。同时，吕布率精锐从徐州城内出击，让袁术军首尾不能相顾。如此一来，不出半日定能取下袁术首级。”

“好，我在此起誓，一定助吕将军取下袁术首级！”韩暹说。夜已经深了，松树的树梢聚集着露水，阵中隐约传来箫声，看来这种闷热的夜晚令士兵们也难以入睡。

夏季的短夜很快结束，黎明来临。

晨曦中不见了陈珪的身影，不知何时他已经回去了。太阳升到了中天，同样是炎热的一天。传令兵们骑着快马从袁术的本阵向四面八方疾驰而去。

七路大军一齐开始进军。天空突然乌云密布，远远地传来沉闷的雷声。

徐州城已近在眼前。

乌云低垂如墨，刺眼的雷电每次闪现都将城墙的一角照亮。雨点重重砸下来，雷声轰轰，战斗已经开始。

七路大军一齐攻来，喊声震天。吕布也率军出城防御。

夜幕降临，战况呈现出胶着之势。然而渐渐地，袁术的阵营陷入了流言、自相残杀、退却、混乱的旋涡，完全无法收拾。

到了早上，吕布终于明白袁术军中已出现了内讧。第六军的韩暹和第七军的杨奉突然从背后攻击第一军的张勋，并且于营中四处放火。

吕布立刻抓住时机，一举突破袁术军中部的纪灵、雷薄、陈纪诸阵，一直杀到袁术的中军大本营。韩暹、杨奉各率部下从左右两边协助，袁术的二十万大军如同被寒风吹散的枯叶四散奔逃。

吕布如入无人之境，一心寻找袁术所在之处。突然吕布前方的山后闪出一彪人马，左右散开挡住去路。山上有人高喊："吕布匹夫，汝来自寻死路吗？"

吕布吃了一惊，抬头仰望。只见山上龙凤日月大旗招展，左右两边金瓜银斧，中间黄罗伞盖之下，则是身穿金甲的袁术，正从山上傲然俯视吕布。

三

如同猛虎向着云间的游龙怒吼，吕布仰面大叫："袁术休走！吃我一戟！”

吕布说完冲开袁术中军的前卫，挺戟跃马直冲上山来。

“吕布来了！”

“别让他接近陛下！”

袁术手下二将梁纪、乐就纵马从山上冲来，自左右夹击吕布。

“别挡着我！”吕布用力拉马缰绳，赤兔马抬起前蹄令乐就扑了个空。吕布顺势一挥方天画戟，乐就连人带马喷着血雾倒地。

梁纪见状丢下兵器就逃。“休走！”吕布眼看就要追上逃跑的梁纪。突然从斜刺里杀出大将李丰，挺枪直刺吕布。与此同时，袁术近前的人马如山崩般从四面八方压向吕布。

“老虎落入陷阱了，吕布的首级今天就要归我了！”袁术也得意地走下山，在众人后面督战。

然而，昨夜起就倒戈相向的韩暹、杨奉二将，突然从一旁的山谷冲来，攻击袁术中军的侧面。

形式瞬间逆转，吕布和两位叛将追击掩杀，袁术军越过山峰在平原上拼命逃窜了二里有余。

前方黑压压一片，似乎是一彪部队。袁术军来到近前还未分辨出这彪人马是敌是友，早有一员大将身胯乌黑骏马、手持八十二斤青龙偃月大刀，挡在袁术面前。

“吾乃豫州刘玄德义弟关羽，奉兄长之命赶来协助吕布共讨袁术。看来你就是妄自称帝的逆贼袁术，吃我关羽一刀！”

袁术及手下吓得魂不附体，拼命拍马只顾奔逃。

关羽紧追不舍，将碍事之人一一砍翻，眼看已经逼近袁术背后。关羽将青龙刀横着用力一挥，但袁术慌忙低头，刀锋仅仅斩到了袁术战马的鬃毛。

但袁术的帝冠也顺势落到地上，被马蹄踏得稀烂。

此战袁术大败，多亏纪灵殿后才令袁术勉强逃回淮南保住了一条性命。

与此相反，吕布大肆剿灭袁术残部，意气昂扬地回到徐州，并举办了盛大的庆功宴会。

吕布在宴席上发表演说：“此次大胜，首功当属陈珪父子。第二应是韩暹、杨奉的内应之功。然后是豫州的玄德，他不忘旧恩、不计前嫌派遣义弟关羽赶来助我。最后我还要感谢我属下的将士们！”

说完众人举杯共庆，场面十分热闹。

四

宴会之后便是论功行赏。

翌日，关羽带领部下回豫州去了。

自此以后，吕布对陈珪言听计从，有事只与陈珪父子商议。

这一天吕布又找来陈珪问："我想把韩暹、杨奉中的一人放在自己身边留用，您看如何？"

陈珪回答："将军的身边已人才济济，没必要再加个生人。这就好比往鸡群里放一只外地鸡，反而会令老鸡群狂躁不安、相互攻击。我看不如让二人去山东赴任，助您稳固地盘，不出一两年定有大的收获。"

"有道理。"吕布点头说。

于是吕布将韩暹、杨奉分别派往沂都、琅琊任职。

陈登听说这件事后，对父亲陈珪的建议颇为不解。一天陈登问："恕我冒昧，父亲的想法和我的稍有差异。我觉得最好将二人留在吕布身边，将来也好助我们除掉吕布……"

不等陈登说完，陈珪就打断了儿子的话。陈珪说："此计行不通。因为这二人本来就品性低劣，他们不定会站到我们这边，反而会献媚吕布，成为吕布的走狗。将他们留下反令吕布如虎添翼。"

陈登听完后对父亲的高见深感佩服。

陈珪继续闭门不出，在家养病。即便吕布来请，不是特别重要的事情，陈珪也不会出门。

梧桐树开始落叶了，夏去秋来，淮南的河水也染上了秋色，一群群红色的蜻蜓聚集在河水之上。

袁术皇帝整日愁眉苦脸。

“吕布这个浑蛋！可恶的叛徒！”袁术时常在皇帝宝座上咬着指甲盘算如何报仇。

这时他突然想到曾栖身自己手下的孙策。

不知不觉之间，孙策已经占据了江东大片的沃土，成为雄霸一方的小霸王。或许因为孙策从少年时代就依附于自己，袁术总觉得孙策不可能违背自己的命令。

于是袁术写了一封信让使者送交江东的孙策。信中写道：“我很高兴你获得这么大成功，你也不会忘记我曾经对你的恩情吧。近日我听说吴国日益昌盛，文武大将人才济济。因此我想邀请你共同讨伐吕布，均分他的领地。这样一来吴国势必更加强大，况且这也是立于乱世的长久之计。”

使者进入江东的城镇，正式面见孙策呈上书信。

孙策看完之后立刻写了回信。

“回信中都写明白了。”孙策将使者草草打发回去。

袁术打开回信，里面写道：“袁老，你不还我玉玺，还妄自称帝扰乱天下。我当然知道何以谢天下，有朝一日咱们定会再见面，你洗干净脖子等着吧。”

“这小子！居然敢侮辱朕！”袁术将信撕碎，当下准备出兵东吴。群臣费了好大劲儿才把他劝住。

第 21 章

仲秋荒天

曹操联手三方讨伐伪帝袁术

一

“袁术读了我的信，会是个什么表情呢？”孙策把淮南的使者打发走之后觉得很是好笑。但他心里也清楚，袁术定会恼羞成怒，率军攻来。于是孙策下令沿江布置战船，严密防守来犯之敌。

此时曹操的使者从许都带来天子的诏书，封孙策为会稽太守。随同诏书的还有曹操的请求，当然其形式也是朝廷的诏书。

诏书命其“迅速出兵淮南，讨伐伪帝袁术”。

孙策本来就有此意，况且袁术不还玉玺也令他颇感恼火。

“谨遵圣命。”孙策向使者回答。

许都使者返回的当日，吴国长史——孙策家的重臣张昭来见孙策。

张昭说：“听说您已接受朝廷的诏令，但淮南乃丰饶之地，袁氏一族久负名望、根深蒂固。虽然袁术新败于吕布，但绝不可等闲视之。与此相对，我们吴国乃新兴国家，虽不缺活力锐气，但财力、军队的凝聚力仍显不足。”

“难道让我停止出兵吗？”

“既然已经领命，现在反悔会招致朝廷的怀疑。”

“那应当怎么办？”

“可尽快给曹操写一封信，就说东吴计划跨江攻击袁术的侧面，请曹操从许都发大军攻击袁术的正面。这样一来，让曹操军充当主力，咱们则作为援军。”

“原来如此。”

“总之咱们帮到了曹操，将来东吴如果遭遇危机，咱们还可以向曹操求助。”

“有道理，还是长史想得甚是长远周全啊，令孙策受教了。我就照您说的做。”

孙策立刻给曹操写了一封信，信很快就送到了许都的相府。

但这年秋天曹操整日萎靡不振，常常兀自发呆。相府的官吏们纷纷议论：“丞相是不是痴呆了？”

这年春天，曹操远征张绣，但大败而归，是不是这件事打击到了曹丞相的自信？抑或多情的曹丞相仍旧忘不了春夜胡琴的旋律？总之，这年秋天，曹操的身影显得异常落寞。

“错了，你们都错了！丞相才不是那种没骨气的男人。”相府的一位官吏否定了众人的猜测，因为他时常看到曹操往返于新修的祠堂。

新祠堂是为祭奠典韦而建的，典韦为了保护曹操而奋战至死。

曹操回到许都后因典韦之死痛心不已，他不仅祭奠典韦的英魂，还把典韦之子典满任命为中郎将。

这一天孙策的书信送到，曹操看过信后，并未与人商议，就立刻下令动员三十余万大军讨伐袁术。曹操既有因为悲伤而萎靡不振的一面，但另一方面他又能当机立断、叱咤风云。

大军陆续离开许都。此时是建安二年秋九月，许都正值月朗星稀的夜晚。

二

曹操的南征之师号称三十万，实则由十万步兵、四万骑兵、千余辆辎重车组成。

从许都出发之前，曹操已给豫州的刘备、徐州的吕布分别发出了参战檄文。

檄文里这样写道：“现今秋高气爽，我欲南下淮水，望明公于路上与我会合。”

接到檄文后，刘备带领着关羽、张飞等精猛之师在豫州边境迎候曹操。

曹操见到刘备后爽朗地笑道：“足下最讲信义，这么早就与我会合，我心甚欢啊。”

两支盟军合作一处，曹操、刘备双雄在旌旗下亲切交谈。

刘备转身对关羽说：“把那个拿来。”

关羽不多时拿来两颗人头。

曹操吃了一惊，问：“这是谁的首级？”

刘备回答：“一个是韩暹，一个是杨奉。”

“就是背叛袁术转投吕布的那两个人吗？”曹操问。

“正是。之后这二人被派往沂都、琅琊两县做官吏。但二人一上任就强加苛税、残害良民，纵令部下抢劫乡里、奸淫妇女，丧尽天良的事都让他们做了。因此我一方面为民申冤，一方面为了肃清吏治，命关羽、张飞请二人赴宴，于酒宴上将二人杀了。”

“哦，这样啊。”

“在下不等丞相的命令就擅自诛杀二人，今日特来向丞相请罪。我愿听凭丞相处置。”刘备说。

曹操回答：“哪里话，你为民除害、肃清吏治，这绝非私怨而是公事。我只会褒奖你，怎么会处罚你呢？”

“您不治我的罪吗？”

“当然了，吕布那边我也会跟他好好解释的。你就放心吧。”

近期以来晴空万里，白天甚至还有些炎热。但随着部队南下，行军越来越令人发愁。

因为这一年徐州以南的淮河地区暴雨不断，各处河川泛滥、土崖崩塌，原野中形成了无数大小水塘，人马辎重在泥泞中举步维艰。

“一路上不好走吧？”吕布于徐州边境迎接曹操。

曹操爽朗地回答：“看你气色不错啊。”

双方相互施礼之后，曹操将兵马屯于徐州城外。吕布在驿馆准备了欢迎宴，曹操、吕布、刘备齐聚一堂，讨伐袁术的气势大增。

曹操对吕布说：“此次南征还要仰仗你的力量，我已奏请天子封你为左将军，等剿灭袁术之后就将印绶奉上。”

吕布本来就是个见到利益就头脑过热的人，听到这话更是激动地说：“我愿效犬马之劳！”

于是曹操、刘备、吕布三军合为一处连绵向南进发，阵容可谓精良完备。

曹操居于中军，玄德为右翼，吕布为左翼。

面对如此阵容，自称皇帝的淮南袁术将如何应对呢？

三

淮南国境的哨兵慌忙点起烽火，报急的快马不断向寿春城狂奔。

“曹、刘、吕三家联合进攻……”连袁术也吓得坐到了地上。

“总之先把桥蕤叫来。”袁术说完后立即召集群臣开会，商议如何退敌。

会议进行之中也不时有传令兵进来汇报：“敌军已突破国境线，进入淮南境内。”

袁术鼓起勇气亲自率领五万部队冲出寿春城，打算于半路拦截敌军。

“先锋部队危急！”立刻就有不利的战报传来。

没过多久，又传来不利战报的详细版本：“本方先锋大将桥蕤与敌军先锋夏侯惇交战，桥蕤几个回合便被夏侯惇刺死。”

袁术的表情越来越严峻，与此相应，中军的军心也越来越动摇。

“看哪，远处尘土蔽日，定是敌人大军逼近了！”

本已心生动摇的中军士兵们看到这幅景象，未做抵抗就开始全军退却。袁术手下将领拼命督战，但已毫无作用。

袁术无奈，只好带着败兵退入寿春，将八个城门牢牢关紧。

“现在最好严守城池，待远征之敌陷入疲弊。”袁术做好了打持久战的准备。

吕布军攻东面，玄德军攻西面。

曹操则于北山布阵，俯视淮南平原。三家人马均已渐渐靠近了袁术的大本营寿春城。

寿春上下尽皆失色，诸将领每天只忙着商讨对策。此时从西南方面又传来一条军情，如霹雳般震动寿春全城：“孙策率领数量庞大的战船渡江，与曹操呼应攻击我方西南方向。”

袁术听完汇报后又想到前日孙策写信侮辱自己，气得浑身颤抖，怒骂：“孙策这个忘恩负义的贼子！”但无论如何辱骂已无济于事了。

前面的曹军漫山遍野、喊声震天，而背后的江南数百艘战船又如海啸般袭来。袁术肝胆俱裂、夜不能寐。

这一天诸将领依旧围着睡眠不足的袁术皇帝开会，长史杨大将说：“陛下，已经不能再固守寿春了，这无异于自寻死路。陛下不如率领御林军出城渡过淮水，等待敌军内部生变。”

第 22 章
饥饿与饱食
曹操杀仓官王垕

一

长史杨大将的建议显然是一时放弃寿春，将大本营移往他处。这条建议未免太过消极，但自袁术以下的众位将领并无一人站出来反对。

因为大家心里都清楚，寿春内部已忧患重重。

这一年寿春地区水灾肆虐，五谷几乎无任何收成，百姓、骡马成批病倒，守城过冬的军粮也完全没有着落。

这也是袁术军队士气不高的一个重要原因。杨大将考虑的是：皇帝袁术携军移往他处，一则可以筹措军粮，二则可以避开敌人的锐气。远征的敌人必须在野外越冬，袁术则可以用游击战术骚扰敌人，以待敌军生变。

众将领沉默许久，渐渐地点头的人越来越多。

袁术也点头道：“看来这是个万全之计。”

于是规模庞大的撤退行动开始了。李丰、乐就、陈纪、梁刚四将被命令留下来守城，袁术留给他们大约十万兵力。

而随袁术出城的亲族以及将士约有二十四万人，还有府库里的金银珠宝、军需物资、官册文书，均在淮水岸边装船，不知被运往何处了。

袁术及其近臣迅速渡过了淮水，远远避开了水灾和敌军。留下来的只有水灾后的残骸和几近空城的寿春。

袁术逃出寿春没多久，曹操就率大军杀到了城下。

曹操一路上不免大感失望。

随着接近寿春，水灾的状况越来越严重，民众的疲弊程度超乎想象。不知寿春城内情况如何，但郊外方圆百里仍满是洪水流过的痕迹，田地化作泥潭，道路被水淹没，百姓以树皮勉强维持生计。如此一来，曹军的粮官不免会产生误判。

远征部队的辎重车辆本来就无法带上太多的军粮，粮官往往会将敌地的粮食也计算在内。

因此，曹军的仓官王垕看到周围一带的水灾后不免茫然无措：“这样子可怎么养活三十万大军啊。”

总之，七天、十天还能勉强应付。而半个月之后军粮便开始吃紧了。但围城已将近一个月，阵中的军粮几乎见底。

“一举把城攻下来!”

曹操自然也焦急万分。但攻城作战也因水灾而受阻，士兵、马匹行动不便，再加上守城官兵异常顽强，寿春城一时难以拿下。

曹操只得连忙给孙策写了一封信请求借粮，令人快马加鞭地送去。

二

吴主孙策已经和曹操结下了军事经济同盟，此刻他已率军渡过淮水，从南向寿春进发。孙策接到曹操的信后立即向本国发出命令:“迅速筹措粮米!”

然而江东毕竟相隔遥远，再加上其间有长江阻隔，运粮需要花费不少时日，且需要大军护送。

在这期间，曹操阵中的仓官王垕已束手无策。

王垕和粮官任峻一起来求见曹操。

“哦，这不是王垕和任峻吗?你们两个满脸愁容地找我有什么事?”曹操问。

王垕、任峻来到曹操跟前诉苦说:“兵粮已经接济不上了，连最近一两天的粮食都不够了。”

“那又怎么了?”曹操故作镇定地说，“你们找我商量有什么用，我又不是粮官、仓官。”

“这……”

“小题大做，这么点儿小事你们不找我商量就处理不了吗？”曹操怒斥。

“属下无能。”

“这次我权且点拨你们一下，只要将盛粮的容器变小就可以了，从今日起用小斛给士兵分粮即可。这样一来能省不少粮食吧？”

“但是换成小斛，士兵发现后会有意见。”王垕面露难色。

“照我说的做！”

“遵命。”

二人仓皇退出曹操大帐，从那天傍晚起便开始用小斛发粮。

粮食的量不仅减少，其间还裹杂着粟、黍、草根等饥荒时的充饥之物。这些当然不能满足饥肠辘辘的士兵。

“士兵们会如何呢？”曹操悄悄来到营中探听。营内果然怨声载道。

“丞相太过分了！”

“出征时的誓言和约定都哪儿去了！？”

“我们吃这个，还怎么打仗！”

总之，怨言都集中在曹操身上。不给士兵吃饱饭，后果将很严重。曹操将仓官王垕找来。

“士兵多有不满啊。”曹操说。

“属下尽力劝解，但……”王垕回答。

“你有何良策？”曹操问。

王垕回答：“没有。”

“我倒是有一条妙计可平息怨言，但需向你借一样东西。”

“我这等小吏有什么东西可借给丞相呢？”

“有啊，你的脑袋。”

“什么……”

“对不住了，请把你的头借我一用。如果你不死，三十万大军就会造反。三十万大军和一个脑袋，孰轻孰重，你也明白吧。你不用牵挂妻子、孩子，我曹操保证抚养他们一辈子。”

“啊，哪有这种道理？丞相，丞相饶命啊。”

王垕哭着乞求，曹操不为所动，向之前就已吩咐好的武士使了个眼色。武士扑上去一刀斩下王垕首级。

“立刻挂在营中示众。”曹操命令。

王垕的首级被挂在竹竿上示众，旁边还立着早就准备好的木牌告示。

木牌上写着：“王垕盗取粮米，以小斛欺瞒士兵，中饱私囊。其罪昭然，现依军法将其斩首。”

“原来用小斛不是丞相的命令啊。王垕太可恶了！”

士兵们将怨气都撒在王垕身上，没人再怨恨曹操。

曹操敏锐地抓住全军士气的转机，即刻发出总攻令："今夜起攻城，三日内必须攻下寿春！如有临阵怠慢者，立斩不赦！"

三

这天夜里，曹操率军攻城，亲自策马来到壕沟边。

曹操下死令："填平壕沟，逼近城门，把柴草堆到城门前，烧毁城门！"

城上的袁术军也疯了一般投下滚木礌石，箭矢如雨点般飞下。

被石头、箭矢杀死的曹军几乎要把壕沟填满了，却有两位副将吓得畏缩不前。

"胆小鬼！"曹操挥剑将二人砍倒。

"胆小鬼就是这个下场！"曹操说完跳下马，亲自搬运土石、草木填壕沟。

曹军一时士气大振，一队士兵攀上城去，从里面将城门的铁锁斩断。曹军呐喊着一拥而入。

堤坝的一角已经决口，洪水般的士兵涌进城去，剩下的就只有杀戮了。守将李丰及以下诸将或被斩杀或被生擒。袁术的伪皇宫，那些朱楼画栋、亭台轩榭均被烈火吞没，整座寿春城化为炽热的地狱。

"速速准备船筏，一鼓作气跨过淮河，给袁术最后一击！”曹操激励手下将领迅速准备追击袁术。

但还没过几天，许都传来急报：“荆州刘表与张绣勾结，似乎对许都图谋不轨。”

曹操皱了皱眉，张绣不算什么，但刘表一旦采取行动将是极大的威胁。

于是，曹操终止追击，立刻班师回许都。

归途中，曹操又派使者给孙策送去一封信。

信中请求道：“请孙将军将兵船跨长江布阵，以此威吓上流荆州的刘表，令他不敢轻举妄动。”

此外曹操对吕布和刘备说：“你二人应重温以前的情谊，协力镇守徐州和小沛。”

二人遵照曹操的吩咐举杯起誓。曹操又特地对刘备说：“玄德你还是离开豫州，重新去镇守小沛吧。我想吕布也肯定没有异议。”

刘备表示谨遵曹操的好意。临别时，曹操瞅准吕布不在场的机会，悄悄对刘备说：“我将你布置在小沛，是为捕虎设下了陷阱。陈珪父子已经快把坑挖好了，请君过去与他们父子商议着行事。”

曹操将一切布置妥当，率领全军回到许都。正好此时段煨、伍习二将率领私兵杀了李傕、郭汜，将二人首级献给了朝廷。

李傕、郭汜是长安大乱以来的朝敌，这次将二人剿灭，令朝廷百官高兴不已，众官员奏请献帝赏赐了段煨、伍习，并赐官职给二人令其防守长安。

李傕、郭汜两个逆贼的首级在许都城中悬挂七日示众。“太平之日为期不远了！”朝野上下一片喜庆，大摆宴席庆祝。正值曹操率领三十万大军归还，众将士也加入到宴席中吃着、喝着、跳着。一时间许都城中充斥着饱腹之人的满意神情和欢庆氛围。

第23章
酸梅·夏之阵
贾诩助张绣再破曹操

一

转眼间到了建安三年。

曹操已经四十有余，威仪、经验均磨炼纯熟，当初的热情霸气渐渐转化为温文尔雅的贵人风范。闲暇之余曹操喜爱独自一人读书、吟诗作赋，终日不出春兰之室。有时曹操又是个好父亲，在家中与年幼的子女共享天伦之乐。家族昌盛，他又身居丞相要职，此时的曹操可谓功成名就，不免令人怀疑戎马征伐的念头是否已远离了曹操。

正月，曹操上朝为天子献上贺词，随后他对献帝说道："臣今年也必须再次率军西征。"

南边的淮南经过去年一年的攻打，暂时已不构成威胁。

而西边则有张绣仍在南阳至荆州一带作乱。

于是，建安三年四月初夏，曹丞相下令西征，一夜之间，大军向西进发讨伐张绣。

全军士气高昂，秩序凛然。

天子亲自将曹操送出许都大门。

大军经过许都郊外穿过乡间小道。此时正值初夏时节，田间麦子成熟，农忙的百姓见到军队后吓得四散奔逃。

曹操见状命人将当地的村长、长者尽皆找来。

曹操对那些战战兢兢的村长村民讲道："我奉天子明诏讨贼，不得已于初夏之际率军马经过你们的麦田。这些麦子都是你们辛勤劳作的成果，不必担心，我已下达军令绝不允许兵士践踏粮田。另外，如果有士兵劫掠百姓财物，请尽管向我禀报，抢劫士兵将被立即斩首。"

曹操这番话被传了下去，于是村庄里的男女老幼都在田地里安心地目送曹操军队。

曹军军纪严明，兵马通过麦田间小道时，士兵均下马牵着马缰绳拨开麦子前行。

然而，曹操所乘之马突然受到野鸟的惊吓，一下子跳起来冲到麦田里，踏倒了一大片麦子。

曹操大叫："全军止步！"

曹操叫来行军主簿，对他说："方才我无意间触犯了自己颁布的法令。统帅不自律不正己，那还怎么规诫手下将士呢？所以我只有自裁来严明军法，这也是我的职责。诸位将士，不要因为我的死而悲伤，大家更要严明军纪，一心一意为天下而战。”

说完曹操就要拔剑自刎。

“使不得！”诸将愕然，慌忙左右里拦住曹操。

郭嘉说：“《春秋》有云：‘法不加于尊’，丞相现在统率着大军，您的生死关系到全军的死活。丞相如果还怜悯我们的话，就请不要自害。”

“嗯，是吗，春秋时已有过先例了？不然我就将父母所赐的头发斩断，代为伏法之证。”曹操说完一手抓起自己的头发，一手拿起短剑，齐根斩断，交给主簿。

此情此景如秋霜凛冽扫过曹操大军，耳闻目睹的士兵无不以此为戒，备加谨慎。

二

行军从五月至六月，逐渐进入酷暑时节。

尤其是在河南的伏牛山脉中行军，令曹军苦不堪言。

大队人马经过之后，土地已被汗水浸湿，草木蒙上了一层尘土。山道尽是岩石、沙砾，像被大火烧过，不见半滴水源。不少士兵倒在了路旁。

“我要喝水。”

"哪里有水?"

倒地的士兵和仍在行走的士兵心中想的只有水。

突然，曹操于马上握鞭指向前方大喊:"再忍一忍!翻过这座山就有一片梅林。到时就可在梅树下歇息，还可尽情摘梅子吃。"

奄奄一息的士兵们听到这句话都来了精神。

"有梅子吃也好啊!"

"一定要坚持走到梅林!"

士兵们不由地想到梅子的酸味，口中生津，口水直流，暂时忘记了干渴。

这便是"望梅止渴"的故事。

这大概是曹操从平日里看的某本书中学的吧，然后又随机应变到了行军之中。但也有后世的军事学家认为这是曹操兵法的产物，是曹操在暑热难耐下，用以缓解士兵口渴而想出的妙计。

曹军翻越伏牛山脉，扬起的黄尘从宛城城楼都可望到。

张绣有些惊慌，立刻命人联络刘表派遣援军，然后将军师贾诩留在城中，自己率军出城迎敌。张绣打气道:"就算你曹操兵多将广，但你们劳师远行，必定已疲惫不堪。"

然而，张绣麾下的勇士张先仅数回合就被曹操部将许褚斩于马下。张绣军顿时慌乱，残兵败将狼狈逃入宛城。

曹操大军顺势来到宛城之下，将四个城门牢牢围住。

双方进入攻城和守城的态势。

守城方采用了新战术：用滚烫的铁水向下浇攻城士兵。

分不清是铁渣还是人的尸骸，如蚊蝇一般纷纷落下，把壕沟都给填平了。

但曹操的部下并未因此胆怯。曹操也亲自到前线督战，将兵力的大半集中到宛城西门，三天三夜持续攻城。不管怎么说，主将指挥的地方就是主力所在。

架云梯、推冲车、筑土堆、埋壕沟、放乱箭、投火把，曹军用了各种各样的方法攻城。

张绣渐渐支撑不住，问贾诩："荆州的援军什么时候能到啊？城快保不住了……还来得及吗？"

军师贾诩的脸色成了张绣现在唯一的希望。

贾诩泰然回答："不要紧的。"

"还不要紧？"

"不要慌，这座城仍可支撑许久。不仅如此，就算生擒曹操也不是什么难事。"

"啥？生擒曹操？"

"您以为我在吹牛？只要您照我说的做，保你将曹操的人头拿在手里。"

“您有何妙计？”张绣赶忙凑了上去。

三

贾诩心中究竟有何妙计呢？

他向张绣解释说：“这次攻城战，我暗中站在箭楼里观察敌情，发现曹操于攻城前绕着城墙转了三圈，他这是在考察四个城门的防御情况。而他格外注意的似乎就是宛城的东南巽门。因为东南门刚刚进行过修缮，新旧瓦片不整齐地叠放在一起，城壁前的鹿角栅栏也已破旧。总之，东南门是防御的薄弱环节。”

“嗯，原来如此。”

“因此，眼光敏锐的曹操必定将东南门当作了攻城的突破口。所以他才从次日开始将主力集中到西门，猛烈攻城。”

“他不是将东南门当作突破口吗？为何要下大力气攻西门？”张绣问。

“这是曹操的佯攻之计，先将我们的防御力量吸引到西门，然后再突然攻取东南门，由此一举葬送宛城。”

张绣听得浑身起了一层鸡皮疙瘩。

贾诩说：“就交给我来处置吧。”说完便开始布置应对措施。

曹操早就知道贾诩也在宛城中，他也清楚贾诩的谋略。然而，正因为曹操也是个智者，所以往往对自己的计谋过于自信。

这天夜里，曹操佯装要对西门发动总攻，实则却将精兵强将转移到了东南门。曹操一马当先，越过东南门的鹿角栅栏，来到城壁近前。周围一片寂静，没有一名敌军迎战。

曹操心中大喜："张绣中计了！守城兵都被调往西门，却不知我已来到东南门。"

曹操手下兵士一举将城墙破开一个口子，曹操率众人冲入城中。

城内漆黑一片，没有一处篝火，寂静得有些过分。

"奇怪啊。"曹操勒马原地转了一圈。就在此刻，"当、当、当！"一阵梆子声响起。

"糟了！"曹操回身大叫，"中计了！快撤！快撤！"

但为时已晚。

那喊声地动山摇，周围的黑暗都变为了敌兵。

"生擒曹操！"敌军包围而来。

曹操单骑夺路而逃，但当夜在东南门被杀的曹军成千上万。

不仅如此，佯攻的西门也被识破，西门曹军也被张绣围攻。曹军全线溃退，直到五更天明才摆脱追击，此时已退到距离宛城二十里的地方。曹操命令清点人数，一夜之间曹军的战死者达到了五万余人。

这时又传来“荆州刘表突然起兵，似乎要切断我方退路，进而攻击许都”的凶报。

曹操咬牙撇下一句“等着瞧”，只得掉转部队望许都而退。

退军途中曹操又接到报告：“刘表调动大军，但听说孙策率军船溯江而上，荆州危险。刘表胆怯，踌躇不前。”

四

古今武将，没有几人如曹操那样胜得畅快淋漓，也没有几人败得如曹操般惨痛狼狈。

曹操热衷于作诗，也热衷于打仗。

曹操打仗就跟他作诗一样。那种热情，那种构想，都如同诗人遣词用字抒发胸臆，二者十分相似。而曹操将诗作到了战场上，调兵遣将，布局构思。

因此，曹操的战役就是他的作品，其中既有惊世杰作，也有蹩脚的失败品。

总之，曹操是个能享受战斗的男人，但这并不等于曹操不在乎失败。

这次大败之后，曹操于归途中不免眉头紧锁、面色凝重。

“梅也酸，败也酸，说不同，也相同，心舌过，甘味留。”

骑在摇晃的马背上，他作起诗来。逆境中，他也充满着快意人生的不屈精神，决不自暴自弃。

曹军经过襄城，来到淯水河畔。

曹操蓦地勒住马，环视四周，脸颊上满是泪水。

诸将十分诧异，大家问道：“丞相因何悲伤啊？”

“这里不是淯水吗？”

“是啊。”

“去年我就是在这里进攻张绣。但因为我的过失，害死了典韦将军。我一想起这些往事就悲伤不已……”

曹操下马，把缰绳系到河边的杨柳上。他命人在河边的一片空地上杀牛宰马，招魂祭祀典韦的亡灵。曹操走到祭坛前叩拜，继而放声大哭。

众将士为曹操重情义的一面深深感动，也相继祭拜。

接下来祭祀曹操的长子曹昂以及侄子曹安民。河岸边的杨柳枝条低垂，淯水已含有秋日的凉气，黑色的八哥鸟在河上来回飞鸣。

曹军一片号哭之声。

初夏，将士们踏着麦香，意气昂扬地出征；初秋八月，众人满身疮痍，大败而归。看看这之间的反差，也不难理解将士们的心情。

此外，吕虔、于禁两位将领也受了伤，无数辎重被弃于敌地，想来确实令人寒心。

夕阳逐渐西斜，远处的山峰渐渐融入黑暗的背景。远方有一人快马加鞭朝曹操奔来。

这是荀彧从许都派来的使者，当然还带着荀彧的手书。

曹操展开书信，里面写道："荆州的刘表出奇兵，于安众城埋伏，伙同张绣，意图切断我军归路。丞相务必多加小心！"

五

"我早知道会这样，已经做好了准备。"曹操毫不惊慌地说。

荀彧的使者带着曹操"不必担心"的口信回许都去了。

曹军来到安众地域，果然刘表和张绣的联军已把守住各处险要。

"既然他们占了地利，我也不能落后。"曹操说。

曹操命令沿山布阵，而后趁夜修出一条小路，将全军的八成人马埋伏到了山后盆地之中。

天明雾散之后，刘表、张绣的士兵眺望曹操的阵营。

"什么嘛，就这么点儿人？"士兵们交头接耳。

“也就那么多吧。”有些士兵点头附和。

“败退时曹军战死五万人，况且行军艰难必定多有逃兵，再加上生病掉队的士兵，能有这么多人马已经很不错了。”联军的将领们或许也这般见解。于是刘表、张绣联军冲出险要之地，黑压压地跨过原野向曹军冲来。

让敌军羞辱够了，等他们靠得够近之后，曹操突然出现在山麓一角。

“盆地的伏兵们，现身吧！包围原野中的敌军，将他们一网打尽，杀得他们血流成河！”曹操大声下令道。

转眼间八倍于明处的伏兵从山后涌出，截断了刘表、张绣联军的退路。联军士兵立刻乱作一团。

旷野的秋草缭乱摆动，好似惧怕血的味道。旷野上尸骸成堆，散落四方，竞相奔逃的联军士兵放弃险要地形，尽皆退入安众城中。

“把县城也一把火烧掉！”曹操的士兵们终于找到发泄的对象，一窝蜂地追到安众镇。就在这个时候——准确地讲是每当施加致命一击的关键时刻，又传来了许都的急报。

“河北袁绍动员大军，企图趁许都空虚采取行动。”

曹操看过报告后惊惧不已，毫不耽搁地率军昼夜兼程返回许都。

见曹操撤得如此慌张，张绣、刘表决定立刻追击。

“此次追击必然惨败！”贾诩劝道。

但张、刘二人并未采纳贾诩的建议。追兵果然遭遇曹操伏兵，惨败而归。

张绣、刘表回到营中，沮丧之至。贾诩看到二人的表情后激励道：“两位不要错失良机，现在正是追击的好时机！定会大获全胜！”

二人犹豫不前，但贾诩说得很有自信。于是张绣、刘表再次率军追击，没想到这次却轻松取胜，带着众多的战利品凯旋。

“实在奇怪，贾先生为何临战之前就能料定此战的胜负呢？”张、刘二人疑惑不解地询问贾诩。

贾诩笑道：“这只是兵法的基础。曹军第一次撤退早已料到必有追兵，所以制定好对策并留下强兵断后，这是撤退时的常识。而第二次则认为不会再有追兵，于是强兵在前、弱兵在后，警戒心也没那么强了。我军攻其不备，所以必定能够取胜。”

二人听后皆拜服。

第 24 章
北客
曹操忍袁绍

一

曹军终于回到许都。解散部队时，曹操顺便询问身旁将领：“前些日子在安众遭遇张绣、刘表追击的时候，有一名当地的武将率领手下百余人助我摆脱苦战。那位武将肯定是想投靠我才这么做的，现在他在谁的队伍里？”

一名幕僚登上点将台，将曹操的话传达给全军。

于是从队列后方远远传来回应，一位武将腋下夹着长枪走了过来。

“正是在下。”武将说着在曹操面前施礼。

曹操问：“你是何人？”

武将回答：“嗯，不知丞相是否还记得，我曾于剿灭黄金贼叛乱时立下了少许功劳，一时被朝廷封为镇威中郎将。但之后我因故回到了故乡汝南。我叫李通，字文达。”

虽然没有过交往，但曹操曾听说过李通这个名字，这个人投靠自己也算是个意外之喜。曹操微笑着说：“多亏你临机应变助我脱险，看来你也是位将才。你可仍旧返回故乡，镇守汝南吧。”

随后曹操奏请朝廷封李通为建功侯、稗将军。

一日，留守许都的荀彧在一次宴会后向曹操请教道：“那一天我派快马通知丞相，刘表、张绣两军于险要处列阵等待丞相。而丞相给我的回信却是‘不用担心’。丞相还未交战，为何这么有自信呢？”

曹操笑道：“啊啊，那个时候啊。那时我军疲劳至极，张绣、刘表摆出阵势意在致我于死地。这反而令我军的将士决心拼死一战。豁出性命的士兵们的战斗力无坚不摧，人被逼入死地的时候往往会迸发出无穷的力量，置之死地而后生。我就是因为想到了这点才觉得此战必胜。”

这段话传到了曹军诸位将领的耳中，大家由衷地认为曹丞相已深谙孙子兵法的精髓。曹操虽然大败而归，但部下对他反而更加心悦诚服了。

这一年的秋季并未像去年那样大肆庆祝。

虽说是“燕去雁来”的季节。城内旅舍却是一派繁忙景象。来自诸州各地的秋季时令瓜果蔬菜大量上市，从各地进贡而来的绢布、马匹也在使节们的押送下汇聚于此。熙熙攘攘好不热闹。

其中，一队五十多人的阔气使节团来到驿馆门前。

“听说是冀州袁绍大人的使节团。”大批百姓聚过来围观。

即便在许都，袁绍的大名也是无人不晓。袁绍雄霸北方，而且出身于四世三公的名门望族。在普通百姓看来，袁绍这个老牌诸侯比新兴势力的曹操更有威望。

二

曹操从皇宫回到相府，正在屋中休息。

此时郭嘉求见，递上一封书简。

郭嘉对曹操说：“袁绍的使者长途跋涉来到许都驿馆，他们托我将此信交给丞相。”

“袁绍的信？”曹操说着粗暴地展开信，看了一眼便咯咯地怪笑起来。

“袁绍这个人只想着自己。前些日子他还想趁我不在进攻许都。现在见我回师，他又转而进攻北平的公孙瓒。还说因军粮匮乏、兵力不足，问我能否和他合力作战。且他信中措辞傲慢无礼，简直把我当作帝都的守卫了。”

曹操这个人一旦感到不快，必定会把情绪表现在脸上。此时他不仅满脸不快，还将书简摔到了地上。

他余怒未消向郭嘉道："袁绍的傲慢无礼不止于此。平日里我以皇帝名义跟他往来政务文书时，他也经常用词不逊，把我当作一名下级官员看待。有朝一日我一定要给他点颜色看看，让他傲慢不起来。但我现在的实力还不足以与他抗衡。这次袁绍又动不动就向我借兵、借粮，这家伙到底把我当成了什么?!"

"丞相……"郭嘉顿了顿，等待曹操的情绪稍微缓和后说，"我想这个道理丞相肯定知道，当年汉高祖刘邦战胜项羽，绝非因为实力占上风。项羽实力远胜于高祖，但却最终失败。这是因为项羽恃勇而轻智，另外高祖的隐忍也起到了关键作用。"

"确实如此。"

郭嘉继续说："属下妄自评价丞相，该当死罪，但依我看来，丞相与袁绍比较人品的话，丞相有十胜，袁绍有十败。"

于是郭嘉开始细数曹操、袁绍的优缺点：

一、袁绍不知时势，思想保守，逆时代而动。丞相顺应时代，锐意革新。

二、袁绍讲究繁文缛节，只重礼节，不重实效。丞相处事自然高效，亲近百姓。

三、袁绍片面认为宽大才是仁政，故百姓对宽多轻侮。丞相则赏罚分明，百姓虽惧，但心悦诚服。

四、袁绍表面张狂而内心怯懦又多疑，且过于重用亲族。丞相无论亲疏、唯才是用，且丞相明察秋毫、不妄自猜忌。

五、袁绍喜好谋略但不能决断，故而常常陷于迷惑。丞相临机应变、明敏善断。

六、袁绍因出身名门而徒好虚名。丞相慧眼识人、爱惜人才。

“好了！”曹操笑着挥手说，“你要是再夸下去，我也该成袁绍了。”

三

这天夜里，曹操一人独坐，陷入沉思，多年的难题再次困扰着他。

每当想到袁绍这个无法忽视的威胁，就连曹操也往往夜不能寐。

“袁绍不足为惧！”曹操心里一个声音道，但紧接着另一个声音又说：“不能大意！”

如果仅将袁绍和自己的人格魅力进行比较，正如郭嘉指出的“十胜十败”，曹操本人也很自信“远在他人之上”。但仅此一点还不足以战胜对手。

袁氏一门，有着淮南袁术这样的豪强，又仗着大国名望募集了众多贤士、谋臣、勇将。

且，不管怎么说，袁绍出身名门望族，与国家的众多元老来往密切。而曹操只是一宦官之子，且父亲早年就卸任回乡，曹操从小不过是个村里的惹是生非之徒。

袁绍曾在帝都洛阳担任军队的重要职务，而曹操那时好容易才混得一个城门巡视的位子。

袁绍遭风云而退，曹操则乘风云而上。但隐隐之中各大保守势力仍在暗中支持袁绍，而曹操这个新生势力，除了心腹部下外，已成了天下嫉妒、敌视的目标。

不少人对他现在的地位颇多微词，背后说他是“得意忘形的丞相”。用武力使人屈服不难，难的是令人对自己的威望心悦诚服。

现在曹操仍无法将人心牢牢掌握住，这也是他对自己的成功多为不满、多为担心的地方。

曹操深知用武力可以夺取敌人的领土，但用武力是无法夺取德望的。

此时的曹操不免会犹豫，“是否要与袁绍联手呢？”

从地理上看，许都西面是荆州、襄阳的刘表和张绣，南面有袁术，北面有袁绍。许都可谓四面是敌，没有一方敢放松警惕。

“但是，如果在四面受敌的环境中无所作为，无异于徒有丞相名号而坐以待毙。既然时势将我曹操安排到了这个位置，那么直到将天下尽皆征服为止，我都要时刻生机勃勃地跃进，一刻也不能懈怠。必须打破敌人的四面封锁。旧事物必须被全部革除！”

曹操的意志逐渐坚定起来。

“是的，革新往往伴随危险，但给旧事物注入新活力乃是自然的法则。我是新事物的代表，而袁绍正是旧势力的代表。好吧，一定要除掉袁绍！”

曹操下定了决心。

次日清晨，曹操似乎想确认自己的信念是否正确，于是命人将荀彧请过来。

四

不一会儿荀彧来到相府。

曹操特意避人耳目，在内宅等候荀彧。

“荀彧，今天我有件大事想问问你，你先看看这个。”曹操说。

“这书简是？”

“这是袁绍的亲笔信，大老远地派使者送过来的。”

“……原来如此。”

“你怎么看这封信？”曹操问。

“首先，这封信的言辞极为傲慢，而信中所述要求也蛮横无理。”

“你也这么想吧。袁绍的傲慢无礼，我已经忍了很多年，现在公然愚弄我，实在令人忍无可忍。”

“确实难忍！”

“但是我思来想去，感觉我的力量还不足以讨伐袁绍。”曹操说。

“丞相考虑得是，现状正是如此。”

“但我还是下决心要讨伐袁绍，你怎么看？”

“必行吗？”

“你赞成吗？”曹操问道。

荀彧回答：“愿听令。”

“我能够取胜吗？”

“丞相必胜无疑，因为丞相有四胜优点，袁绍有四败。”

荀彧与昨天的郭嘉一样开始比较曹操与袁绍的优缺点。

曹操摆摆手大笑着说：“哎呀，你和郭嘉的见解简直是从一个模子里刻出来的。我深知自己也有许多缺点，绝非你们口中的完人。”

接着曹操正色道：“那么我立刻下令斩杀袁绍使者，向袁绍开战？”

“不可！丞相有何名目？”荀彧急忙说。

“不可以吗？”

“现在时机还不成熟。”

“为何？”

“丞相不可忘记吕布这个人啊，此人终日对许都虎视眈眈。此外还要安抚好荆州方面。”

“那么我还要继续忍耐袁绍的无礼？”

荀彧回答：“丞相只要以至诚辅佐天子，以至仁爱护士农，时势自然会朝着有利于我们的方向运转。而后我们等待袁绍的旧官僚阵营出现内乱，到时再出兵给袁绍最后一击，此乃万全之策。”

“看来还要等不少年啊。”

“哪里，一瞬而已。时势就像植物生长或孩童成长那样，肉眼看不见，所以会觉得时间长。但实际上随着天地运行，时势瞬息万变。不管如何，忍耐最为重要。”

郭嘉、荀彧二人的意见完全相同，曹操终于打消了顾虑和犹豫。

第二天曹操招来袁绍的使者宣布道：“我同意袁绍的要求。”

于是许都准备了数量庞大的粮米、军马、军需品准备送往袁绍处。随后曹操奏请朝廷，封袁绍为大将军、太尉，领冀州、青州、幽州、并州四州牧。

第 25 章

天下第一大食汉

吕布围攻小沛夏侯惇拔矢啖睛

一

跨过黄河，走向遥远的河北平原，袁绍的使者将曹操发送的大量兵粮、军需物资，装了蜿蜒数百辆马车，满载而归。

曹操的回信也经由使者交到了袁绍手里。

袁绍高兴得手足无措。

曹操的回信是这样写的："首先我预祝阁下取得大胜。阁下此次征讨北平，在下满腔诚意地祝愿阁下一展宏图、得胜而归。马匹粮米等军需物资，在下将尽全力进行援助，阁下不必顾虑黄河以南，只需一心讨伐公孙瓒，成就护国大业，谋得万民平安。然而，不得不致歉的是，在下担任守卫许都的职责，因诸事繁忙及维护秩序之用，需配备大量军力，所以未能有幸为阁下提供援军。另外，天子下诏封阁下为大将军、太尉，统领冀、青、幽、并四州，望阁下欣然领受。”

袁绍大喜：“我从没想到曹操会这么回复我，信中的言辞、应对都很到位嘛。没想到曹操也是个热情、诚实的人啊。”

于是袁绍备感安心，开始了进攻北平的军事行动，不再留意西南的动向。

夜晚与貂蝉饮宴，白天缠着陈珪父子商讨大小事宜。这就是吕布的近况。

陈宫见状十分忧虑，这一天，他又板着个脸劝说吕布：“将军可以任用陈珪父子，但不要什么事都与他们商量，尤其是军国大事。陈珪父子只会阿谀奉承，他们明显是在蒙骗你。”

“陈宫，你认为我吕布是个昏庸之人吗？”

“我不是这个意思。”

“那你为何要对我进谗言，让我疏远君子贤人。”

“您真的认为陈珪父子是贤人？”

“至少对我吕布来说是独一无二的贤臣。”

“——啊啊。”陈宫感叹。

“有什么可‘啊啊’的？你嫉妒他人得宠，早晚会被人称作奸臣的。”

“我算无话可说了。”陈宫垂头丧气。

陈宫退了出来，本想尽忠劝诫主公，反而被主公说成奸臣。

“不如暂时闭门不出。”陈宫想，于是把自己关在家里，不再到徐州城中去。这期间，北方的公孙瓒和袁绍交兵，徐州附近也似乎变得骚乱起来。

“对了，我可以去狩猎打发时间。”陈宫带上一名家仆去秋季的山野里狩猎。

途中遇到一个可疑的男子。男子一身旅客装扮，但见到陈宫后转身便逃。

陈宫有些诧异，但立刻想到了什么似的弯弓搭箭，对准了逃跑的男人。

二

弓箭准确命中逃跑之人的小腿。

陈宫的家仆如猎犬般扑了上去。

陈宫也撇下弓，跑了过去。男子拼命反抗，但寡不敌众。最后男子交代自己是曹操与小沛刘备之间的使者，带着刘备的回信去许都。

“这么说你曾带着曹操的密书交给刘备？”陈宫问。

“是的……”男子回答。

“那么，刘备给曹操的回信还在你身上吧？”

“没有，我此前已经把信交给传令的骑兵了。信不在我这里。”

“胡说！”陈宫大喝道。

“我没有说谎。”

“是吗？”陈宫拔剑斩向男子。

瞬间鲜红的血雾包裹住剑光，身体和头颅先后落在地上。

“仔细检查尸体。”陈宫向家仆命令道。

“陈大人，从他怀中搜出这个东西。”

“哦，果真有刘备的回信。”

陈宫草草看过回信，随后对家仆说：“这件事你不要对任何人讲，我这就去徐州城，你先带着弓回家。”

陈宫言罢立即赶往徐州城。

见到吕布后，陈宫将事情的原委告诉吕布，并将刘备的回信交给了他。

吕布读完信后气得大骂：“刘备匹夫！竟与曹操密谋，欲害我吕布。”

吕布立刻命令陈宫、臧霸二将领兵攻取小沛。

陈宫到底是个谋士，小沛虽小，但陈宫劝吕布不要贸然进兵。

陈宫首先联络泰山附近的山贼首领孙观、吴敦、昌稀、尹礼等人，并怂恿他们说：“现在正是好时机，你们大可进攻山东的州军，攻城略地。”陈宫又命令宋宪、魏续二将攻击汝、颖地区，牵制小沛后方。随后吕布和陈宫的本军才从徐州出发，正面逼近小沛。至此小沛已处于三面封锁之中。

刘备震惊不已，“难道信使途中被吕布抓住了？那么我跟曹操的密谋必定已经泄露。”刘备想着不由打了个冷战。

前几天，曹操叫人送来密书，里面说现在正是讨伐吕布的绝好时机。北方的袁绍一心攻击北平，无暇顾及黄河以南；吕布、袁术又断绝了同盟关系。此刻吕布已被孤立，如果现在曹、刘联手，攻克吕布简直易如反掌。

总之，曹操意在让刘备备战，攻取吕布。刘备慨然允诺，答应会尽全力协助曹操。吕布看到回信，当然会气得暴跳如雷。

“关羽守西门，张飞守东门，孙乾守北门，南门我自守之。”刘备赶忙下达命令布置防御。

战况紧急，小沛城内忙得沸沸扬扬。但在这紧要关头，关羽和张飞却在西门吵了起来。

三

战况这么紧急，他们两个吵什么呢？

不少士兵离开岗位，聚拢过来。

张飞还在嚷：“为何不让我追击敌将？看到敌军勇将，连追都不敢追，这仗还怎么打？”

关羽回答：“张辽这个人虽然是敌将，但他武艺高强，深明大义，且有归顺之意。所以我才让你放过他，身为武将应该有包容心。”

二人你一句我一句，吵得不可开交。

此事传到了刘备的耳朵里。“都什么时候了？吵什么！”刘备命人传话劝和。

“二哥，咱们找大哥评理去。”张飞到底还是拉着关羽，来到刘备面前。

刘备听了双方的争论，终于了解了事情的来龙去脉。

这日清晨，吕布手下大将张辽率军逼近关羽防守的西门。

关羽于城楼之上向张辽喊道：“足下气度不凡，你就是张辽吧？足下这样的人物却拜吕布这个粗暴、浅薄之人为主公，助纣为虐，令人分不清是武将还是强盗。这实在令我感到同情。身为武将者，渴望的是为正义而战、为君国而死，但足下却空怀忠义之心，无有报效之门。实在可惜！”

听到关羽这番肺腑之言，本来已经猛攻过来的张辽突然勒住战马，率领部下转身往东门去了。

于是，关羽快马加鞭来到张飞镇守的东门，阻止张飞出战。

“张辽是个忠义之士，这个人有知耻悔过的良心，希望加入正义之师。”关羽力劝张飞不要出战。

“二哥不要来我这里瞎指挥。”张飞听不进去。

于是，二人吵了起来，不知不觉耽搁了不少时间。张辽或许觉得毫无反应的东门有埋伏，竟率军撤退了。

“可惜错过了消灭张辽的好机会，都是因为二哥过来捣乱。难道二哥还有理了？大哥你说说看。”张飞向刘备诉苦。

刘备有些左右为难，总之安慰双方道：“哦，不打紧。张辽只不过是大海里的一条鱼，抓住他也好，放走他也罢，都无关天下大局。”

不知从何处传来一个可爱少女的歌声。

十里城外，尽皆战乱之巷，而这里一隅却有另一番景象：宁静的秋阳照在小径上，芙蓉花开，云朵动容，寻着木樨的芳香，小小秋蝶低舞弄影。

韭菜花儿遍地开，
插上金簪插银簪，
女儿出嫁总相宜。
夫婿是个驼背翁，
上床睡觉要人背，
入座吃饭要人抱。
左邻右舍等闲看，
女儿只当无人笑，
前世姻缘怎奈何。

徐州城内的北苑是只限于吕布家人和女眷们进出的禁园。十四岁的少女一边采摘芙蓉花，一边唱歌。歌声甜美动人。她背着一个小女孩，也就刚会走路的样子，可能是她的妹妹吧。

四

少女或许觉得四下无人，于是将芙蓉花插到头发上，又放声唱道：

妹是桂花香千里，
哥是蜜蜂万里来，
蜜蜂见花团团转，
花见蜜蜂朵朵开。

吕布听到歌声，将脑袋探出后窗，眯着眼听得入神。

姐姐十四岁，妹妹五岁，两个都是吕布的女儿。

十四岁的姐姐曾许配袁术的儿子，在城内热闹庆祝一番之后坐上珠帘马车被送往淮南。但情况突变，送亲队伍被半路劫回，从那以后吕布之女只能待在深阁之内，足不出户。

女儿年岁还小，不明白诸侯间的攻略，不明白战争因何而起、在哪儿发生，也不明白吕布的忧虑和徐州城的命运。

女儿唱着歌，牵着五岁的妹妹在园子里玩耍。突然，女儿发现父亲正从后窗看着自己。

“呀!”女儿红着脸跑到母亲居住的北苑深阁里去了。

“哈哈哈，还真是个天真无邪的小姐啊。”吕布旁边的部将郝萌看着少女的娇态不禁笑道。

“嗯……还是个孩子啊，更让我觉得可怜。”

吕布双手抱在胸前，沉吟着什么，似乎在为女儿担忧。

室内只有郝萌和他两个人。二人此前刚进行了一番密谈。

刘备给曹操的回信落入吕布手中，就在那一天吕布命令郝萌:“你速去淮南面见袁术。就说之前结亲是因为曹操捣乱才中途反悔，但吕布仍然希望与袁家结亲。”

现在郝萌拿了袁术的回信，刚刚回来。

袁术同意再结秦晋之好，与吕布唇齿相依。当然其中自然包含着两家同盟，共同打败曹操的军事意图。比起儿媳的品行、长相，袁术更在乎的是其中的军事利益。所以，经过袁术一方慎重的讨论，决定同意与吕布结亲，但吕布反复无常的性情颇令人担忧。

因此袁术在回信中写道:“如果能将您的爱女先送到淮南，那么我一定给您满意的答复。”

此举意在让吕布先把女儿作为人质送往淮南，以此来表示诚意。

吕布看了袁术的回信犹豫不决。“……是否要把女儿送往淮南呢?”吕布心中不由响起一个声音:“只能如此了!”但就在这时他听到了女儿的歌声。看到女儿天真、可爱的样子,吕布的想法又变了。

“……算了,女儿随送亲队伍去淮南还差不多,我吕布还没沦落到把女儿当人质送去的地步。袁术既然如此傲慢,不如暂且缓缓再说。郝萌你辛苦了,下去好好休息。”

吕布一时放弃了与袁术重新结亲的念头。

五

吕布并不惧怕小沛的刘备,他真正惧怕的是与曹操为敌。

然而一旦进攻刘备,必将导致与曹操正面争锋的局面。吕布想尽力避免这种局面,但又不得不消灭眼前的刘备。小沛城已被吕布军三面围定。

吕布本来打算与袁术结成同盟,这样一来,即便曹操起兵也不足为惧。所以他才命人迅速前往淮南打探袁术的想法,但袁术却傲慢地提出苛刻条件。吕布出于自己的面子以及对女儿的眷恋,无法同意袁术的条件。

袁术这边行不通,反而令吕布心无杂念地坚定起来。第二天，他亲自来到战场督战。

“这么一个小城，你们想攻多少天？给我一口气攻上城去！”吕布大叫着，胯下赤兔马已冲到小沛城下。

刘备从城楼里探出头来，语气诚恳地向吕布呼喊：“吕将军、吕将军，因何围攻小沛啊？我和将军情深义重，没有冤仇。前日曹操借天子名义命令我出兵，在下不得已写了回信，但我怎么可能舍弃与将军的旧交啊。请将军多加考虑，如果我与将军交战相互消耗兵力，定会有人在暗地里偷笑、获利啊。”

吕布听后在马上沉默了一会儿，突然对部下命令道：“包围勿解！”自己却策马回到了阵后。

这是天生的弱点呢？还是因为多愁善感？总之吕布这个人总是陷入迷茫。已经策马到了小沛城下，但听了刘备一番道理之后，吕布不由得又心生迷惑：“或许真如刘备所说。”最后他还是快快地回到了徐州城。

结果，吕布手下围城的部下，只得在小沛城前空耗时日。而此前逃出小沛的刘备使者，却趁这段时间赶到了许都。

使者面见曹操说：“详细情况都在这信中，请丞相尽快发兵救援。”

曹操立即召集诸位将领，将小沛的急变告诉了众人。曹操说：“我不能对刘备见死不救，这违反我的信义。现今袁绍讨伐北平，对我们不构成威胁。然而张绣和刘表却一直窥伺许都。但虽说如此，吕布也不可不除，而且他最近势力越来越强，久后必为大患。所以，我决定留下一些人守卫许都，其余人随我去救刘备，并趁此机会将吕布彻底剪灭。各位意下如何？”

六

荀攸作为诸位文臣武将的代表，起身回答道：“我等也认为应该出兵。刘表、张绣此前已遭大败，我想他们轻易不敢出兵许都。如果放任吕布肆意攻伐，他不免会与袁术联手纵横泗水、淮南一带，早晚会成为丞相的大患。现在趁他势力还小，尽早铲除祸根才是当务之急。”

曹操左手放在胸前，右手高举，道：“诸位，都没有异议吧？”

诸位武将、谋臣全都起身说：“没有异议。”

于是曹操命夏侯惇、夏侯渊、吕虔、李典为前锋，率五万精兵速往徐州。

没过几天，吕布麾下高顺的部队就被夏侯惇等人突破、打散了。

“什么！曹操的前锋已经到了？”吕布有些狼狈，看来已难逃和曹操正面冲突的命运。

吕布下令：“侯成、曹性快去支援高顺，趁着远道而来的敌军疲劳之际，将他们一举击溃！”

吕布的军队立刻开始调动，包围小沛的一部分军队被撤走，吕布全军从小沛城下后撤了三十里。

小沛城中的刘备据此察觉到曹操的援军已经来到徐州境内。于是他让孙乾、糜竺、糜芳守城，自己则以关羽、张飞为两翼攻出城来。

另一方面，吕布军的一角已经和曹军的前锋开始交战了。

在这一天的交战中，曹操麾下的夏侯惇与吕布大将高顺斗了五十余回合，高顺渐渐难以抵挡，转身逃跑。

“胆小鬼，回来！回来！”夏侯惇大叫着，追得高顺绕阵逃窜。

曹性看到高顺危急，于是在马上弯弓搭箭，待夏侯惇靠近后，朝着其面门射去。

箭射穿了夏侯惇的左眼，鲜血顿时染红了半边脸。

夏侯惇“啊”地惨叫一声，身体朝后仰去。但他双脚用力踩住马镫稳住身体，一只手早已将箭拔出，上面还带着眼球。

夏侯惇把带着眼球的箭举到面前，大叫：“父精母血怎可丢弃！”

说完将箭头放入口中，一口把自己的眼球吃了。

众人见状皆骇然。

而后夏侯惇用剩下的一只眼瞪着曹性，张开满是鲜血的嘴，喝道：“是你小子放冷箭！？”

说完纵马一枪刺去，瞬间结果了左眼的仇敌。

七

天下第一大食汉，就是这个夏侯惇了吧，连自己的眼珠都吃。

事后这件事成了人们谈论的话题，夏侯惇也常常大笑着讲述当时的情景。但实际上，吃掉自己的眼睛血战的夏侯惇可用悲壮来形容吧。

失去眼球的左眼窝止不住地流血，当然也伴随着难忍的剧痛。

“恐怕到此为止了吧。”夏侯惇被困在敌阵之中，觉得自己大概难以生还。

突然有人从一角杀入重围，夏侯惇的弟弟夏侯渊将他救了出去。

“咱们暂时撤退吧。”夏侯渊护着兄长奔入李典、吕虔阵中，大家合兵一处。

吕布军趁势全线进攻。“一鼓作气！”吕布自己也纵马向前冲锋。

李典、吕虔的部队一路退到了济北。吕布纵观战局，感到决胜就在今日，于是他率领怒涛般的大军又朝小沛杀来。

关羽、张飞早已严阵以待。

吕布军又与刘备军激烈交战。

高顺、张辽二军冲击张飞的阵列，吕布自己则独战关羽。

双方乱箭齐发之后开始了近身肉搏战，战鼓撕裂、旌旗折断、兵器撞击声震撼天地。

然而，刘备军毕竟势单力薄，关羽、张飞就算再勇猛也难抵御吕布的大军。

自然，刘备军败退了。

士兵们争相逃往小沛城内，吕布认出了混在人群中的刘备。

“大耳贼，休走！”吕布大叫着追来。

刘备天生耳朵就大，还有个“兔子耳”的绰号。所以吕布才会这么叫。

刘备听到吕布的叫声，吓得战栗不已。今天吕布的气势异常威猛，光靠耍嘴皮子肯定逃不过他的方天画戟。

“只有逃命了。”刘备头也不回地拼命拍马。

然而，或许吕布军追击太快太猛，来势汹汹，刘备赶到城门时，吊桥已被高高拽起。

“我是刘备，快放吊桥！”

城上的士兵慌忙放下吊桥。刘备等吊桥降下后急忙过桥，但正在这时，吕布以疾风迅雷之势追来，二人几乎同时过桥。

“吕布来了！”城上士兵赶忙准备射箭，但主公刘备和吕布几乎挨在一起冲入城中。士兵们担心射到刘备，最终一箭未发。

与此同时，有十多骑冲上来拦住吕布，但这些骑兵只是让方天画戟卷起的血尘更加壮观而已。

随后高顺、张辽的部队也尽数过桥拥入城内，城楼台阁吐出火舌，小沛城内一片狼藉。

第26章

黑风白雨

刘备败走投靠曹操

一

现在已无计可施，而且连回头察看的时间都没有，大火、喊叫、混乱的人群几乎将刘备推出了小沛城的西门。争相逃命的败兵似乎已经认不出主公刘备了，刘备也在拼命奔逃。

不知不觉地周围只剩下刘备一人一骑。

刘备回过神来，已经逃离小沛很远了，他不由感到一阵羞耻。

“是否再回城继续战斗呢？”刘备想，老母和妻子还留在小沛城内。

“我一个人活着又有什么用？”

刘备满心惭愧，回头眺望冒着黑烟的小沛县城。

“不，等等。我回去战死就是对母亲尽孝、对妻子负责吗？吕布应该不会随意杀害我的家人，与其现在回去激怒吕布，还不如让他赢个痛快，从而对俘虏心生怜悯。”

刘备想到这里终于下定决心向山林走去。

事后证明刘备的决定是英明的。

吕布占领小沛后找来麋竺，道：“玄德的家人就交给你守护了，你把他们护送到徐州城去吧。如果有士兵对玄德家的女眷图谋不轨，你就用这个斩杀好了。”

说完吕布把自己的佩剑交给了麋竺。

麋竺再三拜谢，用马车载着刘备的母亲、妻子去徐州城了。

吕布随后命令高顺、张辽二人守城，自己则率军耀武扬威，扫清残敌。

对关羽、张飞、孙乾等将领的追缴也并未放松，但关羽等人皆逃入山林之中，躲过了吕布军的搜捕，成了漏网之鱼。

刘备向着许都逃去，野果充饥、坐卧山林，落单的他一路上竟也平安无事。

这天在山谷之中突然听得背后有人喊：“主公！主公！”他回首一看，只见有数十骑人马追来，原来是孙乾等人。

“幸亏您无事。”孙乾见到刘备后大哭起来。

“现在不是感叹的时候，总之先去许都面见曹操，然后再图将来之策。”

于是二人加紧赶路。

前方有个贫寒的小山村，刘备一行又饥又累地来到村中。

尽管没人通报，村民们却聚拢过来。

“小沛的刘玄德大人落难来到咱们村了。”

“就是那个刘豫州大人？”

“刘大人受惊了。”

村民们从自家茅草屋中走出来，不论老幼男女都跪在路边，流着泪拜见刘玄德。

这些百姓常被官员们称作“田夫野人”，但这些人却有富贵人家难得一见的真情。村民们纷纷拿来食物献给刘备，一位老妪用自己的袖子替刘备擦去鞋子上的泥水。

这些人不曾饱读诗书，但他们最能评判一个人的价值。因为刘备平日里的善政、德政，村民们早就认定刘备是个好人、好官。

二

晚上刘备和孙乾来到一位猎户家里留宿。

猎户感动得流泪跪拜说：“没想到刘大人会住到小人家里，小人既惶恐又高兴，不知怎样接待您才好了。”

刘备看了看猎户，发现他虽然身为猎户却有一股清秀之气，于是刘备问道："你以前就在附近居住吗？"

猎户回答："说来惭愧，小人的祖上也出身汉室，属于刘氏苗裔，小人名叫刘安。"

这天晚上刘安煮了肉款待刘备。

忍受饥饿许久的刘备和孙乾高兴地拿起筷子。刘备问："这是什么肉？"

"狼肉。"刘安回答。

然而，第二天清晨临出发之际，孙乾到后院牵马，无意中发现厨房中有一具女人的尸体。

孙乾慌忙找来刘安问："后院的尸首是怎么回事？"

刘安不得不哭着坦白道："那是我的爱妻，如您所见，小人家里贫穷，没有像样的食物可以招待贵客。所以我把妻子烹了，用她的肉款待二位。"

刘备从孙乾口中得知此事，顿觉无限伤感。于是刘备对刘安说："跟我去城里任官，你可愿意？"

刘安摇头回绝道："谢谢大人抬举，但如果我去城里，家里老母就无人赡养了。老母行动不便，刘安实在不能随大人而去。"

致读者：请允许我这个作者在这里插几句话。我个人认为刘安杀妻款待刘备这件事，以我们日本人自古以来的感情和道德标准来衡量的话很难接受。在讲究情感美和洁癖的我们日本人看来，刘安烹妻之举反而会令我们感到不快。所以我曾考虑是否忽略原著中的这段情节，但原著《三国演义》却将这段故事奉为佳话。从这一点也可看出，古代中国的道德观和民情与我们日本是存在许多不同的。因此我特意按照原著写了这件事，读者如果能从中了解中日两国间的差异，也是读《三国演义》的一大乐趣吧。

日本的读者不妨将这段故事与日本古代故事《钵木》进行对比，镰仓的武士们砍掉心爱的梅树，生火为雪天赶路的最明寺时赖①取暖。镰仓武士们的情操与刘安的心意可谓如出一辙吧，虽然其间多少还有些差异。

闲话少叙，回归正题。

刘备一行离开刘安家，次日来到梁城附近。只见对面尘土飞扬，大队人马铺天盖地而来。

这正是曹操率领的许都精猛之师，正日夜兼程赶往徐州。

简直是雪中送炭啊！刘备没想到竟能路遇曹操。

曹操听了刘备的遭遇，安慰道："我来了。请放心。"又听刘备提到刘安杀妻进食的事情，曹操对手下命令说："赐给他一些金子，赡养老母吧。"

---

① 北条时赖：日本镰仓幕府第五代执权者，后在最明寺出家，让出执权。

三

曹操大军抵达济北，最先出来迎接的是前锋夏侯渊和独眼的夏侯惇。

“恭迎丞相。”

“夏侯惇，你的眼睛怎么了？”

被曹操这么一问，夏侯惇眯着剩下的一只眼睛大笑着说：“哈哈，刚才打仗的时候被我吃了。”

听夏侯惇讲述详细经过之后，曹操也大笑道：“自有人类以来，你是唯一一个吃过自己眼睛的人吧。身体发肤均为父母所赐，你也是个孝道的开创者啊。暂且回许都安心养伤吧。”

曹操又接见了依次进来致意的诸位将领，询问吕布最近的情况。

一位将领回答：“吕布急于扩大自己的地盘，为了扩大势力，他不惜扶持强盗山贼加入己方，仗着人多势众侵略周围区域。总之，吕布的军队在最近一段时间里急剧膨胀，势头强盛。”

“小沛城现在如何？”曹操问。

“小沛城现在由吕布的部下张辽、高顺二将把守。”一位将领回答。

“那么我军就先攻下小沛，为玄德报仇。”

曹操命令一下，诸将领各回阵营等待中军的调遣。

曹操和刘备首先率军突入山东境内，向着边远的萧关进军。

泰山强盗孙观、吴敦、尹礼、昌豨等贼将纠结群寇三万余人，挡住了曹军去路。

“山地战是我们最拿手的，帝都的软弱士兵怎么会是我们的对手！”强盗山贼摆好阵势，耀武扬威。

“许褚，给我上！”曹操命令许褚出击。

“得令！我早就等得不耐烦了。”许褚大叫着率领部下冲入敌阵。以孙观、吴敦为首的泰山群贼掉转马头，向许褚冲来，但他们没有一人能招架住许褚的攻击。

群贼潮水般向萧关溃逃。

“好机会，给我追！”

曹操大军一路踏来，山贼尸首几乎将山谷填平，山峰也被群贼鲜血染红。

其间，曹操部下将领曹仁率领三千骑兵，抄小路进击小沛县城的后门。

吕布军传令的哨兵频繁来往于小沛和徐州之间。

此时吕布已经回到徐州，他还没来得及喝口水就被迫应付络绎不绝的急报。

“小沛是徐州的咽喉，我亲自率军前去接应。”

吕布临行前找来陈珪父子，令陈登随军去小沛，陈珪守徐州。

“遵命。”陈珪父子从吕布那里退下。城中为了备战而忙作一团，父子二人来到平时密谋所用的密室。

“父亲，吕布的灭亡为时不远了。”陈登说。

“嗯，咱们父子盼望的日子就要到了。”陈珪回答。

“正好我要随吕布去小沛，届时在那边我有一条妙计可以施展。计策一旦成功，吕布很可能被曹操追赶逃回徐州，到时父亲一定要紧闭城门不让吕布进城。没问题吧？”

陈登一再叮嘱父亲，但陈珪并未立刻点头同意。

四

“父亲，您为何不回答呢？”陈登问。

陈珪说：“即便吕布令我守城，但城中尚有吕布的妻子、亲族。吕布一旦逃回徐州，就算我不让开门，吕布的亲族也肯定不会答应。”

“没关系，我已想好一计解决这个问题。”陈登说。

父子俩在幽暗的密室中交谈着。同一时刻，隔壁的武器库中，几位将领正在寻找陈珪父子的去向。

“陈珪大夫哪里去了？”

“陈登也不见了。”

父子俩相互使了个眼色，屏气凝神等了一会儿，然后各自趁周围没人时溜出了密室。

“你干什么去了！”

吕布冲着迟迟赶来的陈登吼道。

这也难怪，将士们都已做好出击的准备，在院中列队听命了。

陈登拜伏于吕布面前说：“其实我父亲很担心留守的任务，我安慰鼓励了他几句。”

吕布皱皱眉问：“陈大夫这么担心，有什么理由吗？”

陈登回答：“我父亲说，这次的战斗跟以往不同，曹操的大军必然会四面包围徐州。一旦事态告急，留在城中的吕将军的家人、金银粮米都没办法转移啊。老年人往往想得比较远，总之我父最担心的就是这些。”

“哦，原来如此，担心得有道理。”

吕布速将糜竺招来，命令道：“你赶快和陈珪将我的家人、城中的金银粮米移往下邳城。”

吕布安排好后方，率军浩浩荡荡离开徐州城。但他不知道的是，糜竺早就与陈珪父子串通好了，三人合力为吕布挖下陷阱。

吕布本欲先救小沛，半路却听说“萧关危急”。

“不如先在萧关阻止曹军。”吕布命令改道去萧关。

陈登上前进言道：“将军可在后面徐徐前进，不必着急。”

“这是为何？”吕布问。

陈登回答："萧关虽由陈宫、臧霸防守，但守军大多是泰山贼寇孙观、吴敦的部下。这些人本是山林的豺狼，见利忘义，说不定已经叛变。所以属下先带数十骑急行入关，查明萧关的情况，然后再回来迎接将军。"

"多亏你想得周到，处处关心我的安危。你才称得上是真正的忠义之士！路上多加小心。"吕布颇为感动。

"那么稍后再与将军相见。"陈登说完就先向着萧关疾驰而去。

陈登到达萧关后面见陈宫、臧霸，询问战况。

"吕布将军为何自己不来？难道咱们做了什么令吕将军怀疑的事情？"关上的诸将窃窃私语。

听到这些议论后陈宫、臧霸也面面相觑，自己位于交战的最前线，如果被后方的主公怀疑可不是轻易就能解释明白的。

这天晚上，陈登一个人悄悄爬上萧关的瞭望台，瞄着远方曹操营地的篝火射出一箭。箭上绑着一封陈登的亲笔信。然后陈登若无其事地回到营房。

第 27 章
奇计
陈珪父子玩吕布

一

这天夜里陈登又悄悄离开萧关，快马加鞭在黑夜中奔驰，天明时分他回到了吕布阵中。

吕布早已等得着急，“萧关的情况怎么样？”

陈登故意紧锁眉头：“果然不出所料，情况很不妙。连陈宫都叛变了。”

吕布神色大变：“没想到这么短的时间之内，陈宫竟然起了异心。”

陈登说：“孙观、吴敦之辈本就是山贼，我暗自担心他们会见利忘义、心生反意。但没想到陈宫这样的近臣居然也图谋叛逆。身处乱世，人心叵测啊。”

“不，其实陈宫最近的建议我都没有采纳，他早就对我有意见了。好险啊，如果我毫不知情地进驻萧关，一条性命八成就交待在那里了。”

吕布盛赞陈登的忠义，然后想了一条计策派陈登立刻返回萧关执行。

吕布的计策如下：陈登回到萧关假装传达吕布的命令，然后尽量拖住陈宫，最好将陈宫灌醉。随后陈登再打开寨门，到城楼点火作为信号，吕布则率军攻入关去，亲手斩杀陈宫。

吕布认为自己的计策完美无缺，于是在日落时分开始带着大军徐徐向萧关移动。

先行一步的陈登于日暮时分回到萧关。

“出大事了！”陈登大叫着下马寻找陈宫。

陈宫慌忙赶来。

陈登喘着气说：“今天徐州告急，说曹操率大军抄泰山峡谷小路攻入徐州。守此关隘已无用处，吕布将军命令你们速速支援徐州。”

“啊？”陈宫愕然，脸色惨白。

还未等陈宫回应，陈登就已跳上马背出关，消失在黑暗中。

陈宫似乎相信了，不到半个时辰，萧关的守军便陆续出关向徐州急行。

萧关成了一座空寨。

接着，本应黑暗、寂静的瞭望楼里，有个人影站起身来，竟是本已骑马离去的陈登。

陈登往箭上又绑了一封信，朝着关后的山中“嗖”的一声射去。

陈登瞪大眼睛看着一片漆黑的山麓。不久，一只火把晃动起来，火把以特定的轨迹发出信号。

陈登打开萧关大门，大批人马如潮水般涌了进来。一切都在黑暗中进行，既没有火把照明，也未发出声响。随后萧关又变得如墓地一般寂静。

陈登见状发出第二个信号，即在瞭望楼燃起狼烟。火光在黑夜中十分醒目。

萧关城外十里的吕布见到火光大叫：“随我冲向萧关！”

吕布军一齐向前猛冲，而对面一支大部队正以相同的速度从萧关冲出来。

当然，对面正是陈宫赶去救援徐州的部队。

吕布当然不知道陈宫的情况，周围伸手不见五指，双方各自又心怀鬼胎，两股人马绞杀到了一起。军事史上前所未见的自相残杀打响了，而且打得惊天动地。

二

“奇怪……”吕布终于察觉到有些不对劲儿。

同时在对面的阵营中响起陈宫的声音：“收起武器，别打了！说不定是自己人，曹军没有这样的旗号。”

"该死！怎么会自己人打自己人?"吕布大叫。

但现在停手已经晚了，两边均已伤亡惨重。这仗打得实在不值，大家都茫然地愣在原地。

"怪了，陈登对你我说的话，完全对不上啊。……总之咱们先到萧关去问问他。"吕布觉得一头雾水，带着陈宫及剩下的军队一起赶往萧关。结果曹兵突然从关内冲出，吕布军猝不及防。

这些曹军正是此前由陈登引入城内的。曹军听得吕布军自相残杀的声音停止，于是立刻做好了奇袭的准备。

吕布、陈宫的部队怎能抵挡如此突袭，部队再次遭受致命打击。

连吕布都慌忙逃命，躲到山间岩石后面，直到天亮才敢出来。

幸好陈宫也逃过一劫，吕布、陈宫收拾残兵朝徐州退去，准备回到徐州再做打算。

然而，吕布来到徐州城门，迎接他的却是一阵箭雨。

"怎么搞的?!"吕布大惊，安抚着赤兔马，抬头仰望城楼。

糜竺自城楼现身，大骂："吕布匹夫！你来做甚?此城乃我主刘玄德所有，汝将此城骗到手，现在该还给刘玄德了。这里已经与你无关，你爱去哪儿去哪儿吧！"

吕布咬牙切齿，浑身发抖，大叫："陈大夫在哪儿？陈大夫还在城里吧？陈珪大夫，请你出来！"

糜竺咯咯笑着："陈老正在城里举杯庆祝呢。人家把你骗得团团转，你还想见他？"

糜竺说罢转身退入城楼，只留下拍手大笑的声音。

"怎么会这样、怎么会这样，难道陈珪会骗我？"

吕布骑着赤兔马疯了一样在原地打转，不肯离去。

看到吕布的丑态，陈宫心想："吕布啊，你还没明白中了恶人的奸计吗？可悲啊，看来我的主公只有到死才能醒悟啊。"

陈宫义愤填膺，独自掉转马头先走了。吕布见状赶紧追上来，有气无力地说："只有去小沛了，小沛有我的心腹张辽、高顺把守。暂且据守小沛等待时机吧。"

实际上，也只有小沛可以依靠了。就连陈宫也觉得万事休矣，无精打采地跟在吕布身后。

"怎么回事？"

从远处过来的不是张辽、高顺二人吗？且小沛的所有守军也跟在二人身后，尘土飞扬地赶过来。

"啊？怎么搞的……"

吕布、陈宫又一次目瞪口呆，陷入迷茫之中。

三

另一方面，走到近前的高顺、张辽见到吕布后也不解地问："主公，您为何到这里来了？"

"我还想问你们呢，你们为何来这里？"吕布反问。

高顺、张辽越发不解："到底怎么回事？我们二人固守小沛，但一个时辰之前陈登飞马赶到，说主公昨夜中了曹操奸计，被围困在徐州城。陈登让我们提兵速速救援徐州，他说完就拍马走了。于是我们迅速调动军队，方才赶到这里。"

陈宫听完后失望至极，连发怒的力气都没了。

"全是陈珪和陈登的计策啊，我们就像他们手中的木偶，被任意摆弄。后悔、醒悟都来不及了，唉——"陈宫低头不语。

吕布双眼望着天："啊啊，害得我好惨！我这么信任陈珪父子，天下谁人不知？忘恩负义的恶贼，我吕布誓报此仇！"

陈宫略带讽刺地说："主公，您终于明白了？接下来怎么办？"

"随我去小沛。"

"不可，此时去小沛只不过是自取其辱。陈登肯定已将曹军引入城中，说不定正在举杯庆祝呢。"

“这些狼心狗肺的东西，看我杀得他们片甲不留，夺回小沛！”

吕布说完率军奋勇来到小沛城下。

果然如陈宫所料，小沛城头遍插曹军旌旗。

听说吕布来到城下，陈登登上箭楼高声大笑：“看哪，有个骑红马的乞丐！你饿了吗？有什么可狂吠的？我给你块石头吃。啊哈哈哈哈……”

“忘恩负义的奸贼陈登！直到昨天为止，你吃的是谁的饭？穿的是谁的衣？”吕布大骂。

“住口！我是汉朝的臣民，怎么可能跟随你这个逆贼？！你这个蠢货！”

“可恶！在我掐断你的细脖子之前，我吕布决不离开！陈登，有种就出城与我一战！”

吕布正在高声叫骂，突然有一彪人马从北面直冲高顺的阵列。

“不好，难道曹军在城外也有伏兵？”

吕布慌忙让部队左右散开，列出鹤翼之阵防御。

吕布军摩拳擦掌准备战斗。待敌军来到近前，吕布一看却不是曹军。这是一支杂牌军，士兵的服装又脏又破、武器杂乱、马匹瘦弱，但士气却异常高涨。杂牌军呐喊着冲过来，立即就与吕布军的前排人马交上了手，霎时间血肉横飞，喊声震天。其中一员战将更是打得士兵四散奔逃，战将高声喊道：“吾乃刘玄德义弟关羽！”

“吾乃刘玄德义弟张飞，给我记住喽！”另一战将也挺枪跃马如狮子般杀来。

四

一位是豹头虎眉的猛将，张飞。另一位是红脸长髯的豪杰，关羽。

“啊，是刘备的义弟！”

“关羽、张飞来了！”

吕布军的士兵或听见或看到关羽、张飞，都吓得战栗不前。关、张二人如入无人之境，打得吕布军抱头鼠窜。

“有什么好怕的?!”大将高顺怒斥部下，说罢来到张飞面前。两人的兵器磕在一起铿锵作响、火花四溅，不出几回合，高顺就拍马加入到溃逃的队伍中去了。

关羽并未把杂兵放在眼里，他手拿八十二斤的青龙偃月刀，径直催马冲进吕布中军。

“吕布，好久不见了，你的赤兔马还好吗?”关羽对吕布吆喝道。

吕布中了连环计，又遭袭击，心志有些动摇。但他仍旧回马来战关羽。

二人刚斗了没几回合，“二哥，把吕布让给我！”张飞大叫着，如一道黑色闪电疾驰而来。

吕布心中暗想:“今天算是倒霉透了。”慌忙拨转马头逃跑。

“哎呀,别跑啊!”张飞紧追不舍。

关羽也跃马急追,眼看就要够着赤兔马的尾巴了,但赤兔马的脚力毕竟比关羽的战马高出太多。

千里赤兔马的速度救了吕布一命。

丢了徐州和小沛,吕布只得流落到下邳。下邳本是徐州的支城,规模很小,但这里也算战略要地,现在正由吕布的部将侯成把守。吕布暂且以下邳为据点,召集失散各处的残兵败将。

曹操可谓大获全胜。他对刘备说:“徐州本来就是你的,请君仍回徐州担任太守。”

刘备的家人本来关押在徐州,糜竺和陈珪已经将她们妥善保护了起来。大家安然无恙与刘备团聚。

刘备一家、君臣,时隔许久终于齐聚一堂。

刘备问:“二弟、三弟,小沛失陷之后,你们都躲到了哪里?”

关羽回答:“我在海州的田舍中躲藏。”

“我逃往芒砀山,当了回山贼。”张飞说。

众人听后大笑不止。

数日之后,曹操以中军为会场大摆庆功宴。席间曹操让刘备坐在自己左手边,右手边的座席却空着。

从军的将领、文官均已落座,曹操起身说:“此次大胜，首功当属陈珪、陈登父子。请陈珪大夫坐到我的右手边来。”

众人热烈鼓掌，陈登扶着父亲坐到曹操右手边。

曹操对陈珪父子做了进一步封赏：“陈大夫，我要赐给你十个县的俸禄，并封陈登为伏波将军。”

宴会一片欢声笑语，大家边吃边聊，捎带着讨论如何生擒吕布。

曹操这次下定决心，要么生擒吕布，要么杀掉吕布，否则决不回许都。

五

下邳这个小城对吕布来说未免过于狭小。

吕布逃入下邳就等于猛虎进了笼子。

但俗话说得好，“兔子急了还咬人呢”。对付笼中猛虎更加大意不得，一旦处理不当反会被虎吃掉。

程昱在席上说：“对付吕布应缓缓攻之，如果攻得过急，吕布很可能会孤注一掷、奋力一搏。”

吕虔对程昱的见解表示赞同，并补充道：“吕布现在可以仰仗的就只剩下臧霸以及泰山贼寇孙观等人。一旦吕布被逼得走投无路，他还有最后一招就是无条件地投靠淮南袁术，然后借袁术之兵卷土重来。”

曹操点了点头说：“二位跟我想的基本一致，我最畏惧的也是吕布与袁术联手。山东诸道由我率军把守，另外还请刘玄德率所部截断下邳至淮南的通路。如此一来便能断绝吕布与外界的联系。”

刘备起身说：“谨遵丞相军令。”

宴会结束，众人各自回到自己的阵营。

第二天，刘备命糜竺和简雍留守徐州，自己则整顿兵马带领关羽、张飞、孙乾去截断淮南通路。

此行最好不要被吕布军察觉，所以刘备军沿山间小路绕到下邳后方。然后在要道上依地势建造栅栏，设立关所及瞭望楼。除了交通要道之外，刘备军在谷间小路、山峰险道也布置了人马严加监视，甚至连只野兽都难以通过。

冬季将近，泗水虽未结冰，但山间草木已枯黄，满目尽是萧条之色，寒气逼人。

吕布令人在围绕下邳的泗水中设置了木栅栏，并在城中备足武器粮草。

“快下雪吧！下得漫山遍野都是！”吕布向天祈祷。

吕布祈求自然之力协助自己，而擅长谋略的陈宫则冷笑着建议道：“曹军远道而来连日征战，仍未充分休整。现在以逸待劳反击曹军，必能大获全胜。”

吕布摇摇头：“未必能胜。我军连吃败仗，士气尚未恢复。我只要等曹操攻来，然后奋力反击，如此一来曹军大半都要淹死在泗水里了。”

“哦……是么？”

陈宫最近似乎对吕布已放弃了希望，他未做反驳，嘴角挂着不屑的笑容退了出去。

在此期间，曹操大军扼守住山东诸要道，并进军围拢下邳。

随后的两天双方互相射箭，曹军并未攻城。这一天，不知为何曹操亲自带着二十余骑来到泗水河边。

“叫吕布答话。”曹操向城里喊道。

译后记

东洋风味的三国演义

各位读者大家好，非常感谢您阅读本书。我是本册《三国 3 草莽卷》的译者，我也很荣幸能够翻译吉川英治先生的作品。三国故事在日本也是非常受欢迎的，诸葛亮、曹操、关羽等三国人物在日本同样也是家喻户晓，以《三国演义》为题材的影视、动漫、游戏软件等作品曾出不穷，其中不乏经久不衰的佳作。

当然，在日本《三国演义》的日文翻译版本、取材于三国故事的小说也不在少数。其中影响力最高、最受读者欢迎的当属吉川英治的《三国》，该书最初于 1939 年 8 月至 1943 年 9 月连载于日本《中外商业新报》，可以说在日本引发了一股“三国热”，随后这套书以单行本出版发行，到 20 世纪 70 年代就已突破 200 万部的销量，至今仍不断以文库本等形式再版发行。

各位读者现在读到的，正是东方出版社将日本作家吉川英治的《三国》引进入中国后的翻译版本。吉川先生的《三国》有很多看点。当初吉川英治在创作《三国》时，一面按照《三国演义》原著进行翻译，一面又针对现代读者对语言进行调整、并加入了很多自己的改写，使原著的故事更富戏剧性。所以，吉川《三国》是用现代语言对《三国演义》原著的重新演绎，其中又包含着日本人对三国的独到理解。读过吉川《三国》您就会发现，书中针对《三国演义》原著进行了多处改写，其中也不乏令中国读者大跌眼镜的改写（例如，诸葛亮在上方谷火烧司马懿时打算将魏延一起烧死等）。下面就让我们结合《三国 3 草莽卷》及《三国 2 群星卷》的故事情节来看看吉川英治先生是如何解读三国故事的。

无奈的吕布

吕布是本卷主要人物之一。在本卷中，起先吕布占了徐州踌躇满志，但后来他被陈珪、陈登父子算计得团团转，接连丢失萧关、徐州、小沛，只得带着残兵败将退守下邳。可以说吕布一路走背运，是他眼中只有利益、不讲信义、反复无常的结果，但吉川英治的《三国》中对于吕布的失败却又透露着几分无奈。

吉川英治《三国》中的吕布在凶狠狡诈的同时又显出几分柔情，书中拿出不少篇幅描写了吕布对女儿的怜爱和担忧。《三国演义》原著中吕布想用女儿与袁术一方结亲，但他不守诺言、反复无常，最终导致自己走投无路。而吉川《三国》中吕布的反复无常中又包含着对女儿的担忧，生怕女儿成为政治交易的牺牲品。

吕布说到底还是一员武将，他虽然生性狡诈，但他绝对算计不过陈珪、陈登父子。陈珪、陈登一方面讨好吕布，一方面又暗中联系曹操，帮助曹操夺下萧关、徐州、小沛。吕布自始至终被这对奸诈的父子耍得团团转。而吉川英治笔下的陈珪、陈登更是被描写得奸诈异常，面对被关在小沛城门外的吕布，城楼上的陈登得意忘形到了极点，其言行着实令人心生厌恶。而城下的吕布则只能对着城楼无奈地怒吼："陈登，有种就出城与我一战！"陈登怎么可能下来？虽有万夫不当之勇此时却使不上力的吕布自己恐怕最清楚不过吧。吕布身为武将缺乏忠义，身为诸侯又缺乏谋略，最终等待他的只能是殒命白门楼的悲惨结局。这可能也是吕布这位乱世枭雄的无奈吧。

重感情的曹操

曹操遭遇张绣的偷袭，典韦为了保护曹操而死。典韦死守营门、抓起敌军死尸当武器、咽气之后还立在原地吓退敌军的情节是《三国演义》原著中的经典片段之一。吉川《三国》中对这一片段同样进行了详细的描写，而吉川英治对此后曹操祭祀、怀念典韦的举动更是刻画得细致入微。文中三次提到曹操祭祀典韦，每次都是痛哭流涕，并且补充道："这年秋天曹操整日萎靡不振，常常兀自发呆，身影显得异常落寞。"通过这些描写，展现在读者面前的是一个重感情的曹操，他对曾三次冒死救下自己性命的典韦的怀念决不是虚假的。吉川英治还对士兵们的反应进行了补充："（看到曹操对典韦的怀念）有些兵士甚至觉得为曹操而死是一种幸福，而更多的人领悟到的是'平日里的忠诚才是最重要的'。"而此刻曹操感受最深的恐怕是"只有失去之后，才能真切感受什么是对自己最重要吧"。

惇将军（夏侯惇）威武

根据我多年接触日本出品的三国题材小说、动漫、电子游戏软件等作品的经验，我发现日本人似乎非常喜爱夏侯惇这个人物。或许就是受到吉川英治《三国》的影响。吉川在《三国》中对夏侯惇进行了更详细的刻画。他不仅更生动地描写了夏侯惇拔矢啖睛的悲壮场面，还补充了他事后的反应。当曹操问夏侯惇眼睛为何受伤时，他大笑着对曹操说："哈哈，刚才打仗的时候被我吃了。"多么豪迈的一位将军！

惇将军确实威武！他可是少数几位敢单挑吕布的武

将之一啊。《三国演义》中将星云集，性格各异的勇将、猛将、智将也是三国故事的最大魅力之一。而我个人认为关羽、张飞、许褚、夏侯惇可谓是“猛将中的猛将”，因为这四位都是有胆量主动上前与吕布一对一单挑并且全身而退。其中张飞与吕布战了五十余回合、许褚坚持了二十回合、关羽和夏侯惇与吕布战了数回合之后被援军打断。勇猛无畏、直率豪爽，这可能也是夏侯惇将军受到欢迎和喜爱的原因吧（其实在纸牌游戏“三国杀”中我最爱用的武将也是夏侯惇）。

吉川《三国》中的悲美情感

吉川英治在《三国》中不仅相对原著对人物形象作了改写，还加入了日本古典军记文学中所特有的悲美情感。

如果在日本的古典文学中寻找类似《三国演义》的作品的话，就要数《平家物语》《太平记》等军记物语了。但日本的军记物语与《三国演义》无论在内容上还是审美上都有许多不同之处。

例如，在《平家物语》中“胜者必衰”“诸行无常”的无常思想受到了特别的重视，无论是英勇无敌的木曾义仲，还是用兵如神的源义经，都在功成名就、人生最得意的时候突然迎来了死亡，生命如樱花般在最华丽时凋零。另外，平清盛携天皇迁都福原，旧都渐渐荒废破败等情节也无不流露出这种世事无常的思想，产生出一种悲美情怀。

而吉川英治也将这种无常思想和悲美情感融入到了自己的《三国》中。这在作品的很多情节中都有所体现。

下面就让我们看看吉川中对于“董卓迁都”一段情节的描写。十八路诸侯联军讨伐董卓，兵至虎牢关，威胁到了身处洛阳的董卓。于是董卓听信李儒的建议决定从洛阳迁都长安。在原著《三国演义》的第六回“焚金阙董卓行凶 匿玉玺孙坚被约”一回中描写了迁都的过程，但主要是写董卓的军队如何劫掠洛阳的富户，并逼迫洛阳百姓一同迁往长安。其中只提到了一句火烧宗庙和宫殿的情景：“南北两宫，火焰相接；长乐宫庭，尽为焦土。”

而在吉川英治的《三国》中除了以上的内容之外，还详细叙述了宫中被火烧毁的景物和建筑。在“洛阳落日赋”一节中吉川英治这样写道：“火先从宫门烧起。紫金殿的勾栏、琉璃楼的瓦、八十八门的金碧、鸳鸯池的珠桥，以及后宫的院舍、亲王宅、议政廟的宏大建筑等等，所有这些王朝传统的象征尽被弃于烈火热风之中。”这些宫中的景物以前是何等的金碧辉煌，皇帝、后妃以及朝中大臣在这里又是何等一番繁忙热闹的景象。但如今这些景物却被置于大火之中，顷刻间化作焦土。这段对大火详细的描写就像《平家物语》中对遭到荒废的旧都描写一样，引发出强烈的对比，不由让读者产生世事无常的感慨，悲伤怜悯之情油然而生。

而且吉川英治在此之后又加上了一段情节：孙坚进驻被烧毁的皇宫后，看着花坛和水池的废墟，遥想以前后宫的美人可能曾在此欢笑或哭泣。这和《平家物语》第五卷“赏月”一节中左大将实定卿因怀念旧都月色而返回，看到旧都荒凉衰败景色的描写如出一辙。从以上可以看出，吉川英治在创作“迁都”这段情节时，通过对景物变化的详细描写，让人体验到了一种《平家物语》中所包含的因景物变化而带来的无常与悲伤，而这是《三国演义》原著中所没有的。

除此以外，吉川《三国》中的很多地方同样融入了日本古典军记物语的审美特点。如果以后再有机会，我将继续与各位读者朋友讨论。

以上是我对《三国演义》的一些感想，希望能与读者诸君共同分享。《三国演义》是中国文学史上的瑰宝，是能够常看常新、让人一辈子都看不腻的经典著作。而在日本也有着吉川英治《三国》这样影响深远的优秀作品，这对我们喜爱三国的读者来说应该是一种幸运吧。

图书在版编目（CIP）数据

三国. 3，草莽卷／（日）吉川英治 著；张永 译. —北京：东方出版社，2015.8

ISBN 978-7-5060-8426-0

Ⅰ.①三… Ⅱ.①吉… ②张… Ⅲ.①长篇历史小说—日本—现代 Ⅳ.①I313.45

中国版本图书馆 CIP 数据核字（2015）第 216983 号

三国 3 草莽卷

（SANGUO 3 CAOMANGJUAN）

作　　者：[日] 吉川英治
译　　者：张　永
策划统筹：彭明哲
产品经理：高　冉
责任编辑：宁德伟　高　冉
出　　版：东方出版社
发　　行：人民东方出版传媒有限公司
地　　址：北京市东城区朝阳门内大街 166 号
邮政编码：100706
印　　刷：北京京都六环印刷厂
版　　次：2015 年 11 月第 1 版
印　　次：2015 年 11 月第 1 次印刷
印　　数：1—5000 册
开　　本：787 毫米×1092 毫米　1/32
印　　张：9
字　　数：156 千字
书　　号：ISBN 978-7-5060-8426-0
定　　价：25.00 元
发行电话：（010）64258117　64258115　64258112